अम्मा

अम्मा

रज्जन शिंघल

ZORBA BOOKS

ZORBA BOOKS

Publishing Services in India by Zorba Books, 2019

Website: www.zorbabooks.com
Email: info@zorbabooks.com

Copyright © रज्जन शिंघल

ISBN 978-93-88497-59-6
E - Book 978-93-88497-60-2

The publisher under the guidance and direction of the author has published the contents in this book, and the publisher takes no responsibility for the contents, it's accuracy, completeness, any inconsistencies, or the statements made. The contents of the book do not reflect the opinion of the publisher or the editor. The publisher and editor shall not be liable for any errors, omissions, or the reliability of the contents of the book.

Any perceived slight against any person/s, place or organization is purely unintentional.

This story is a fiction, and any similarity to real events and characters is a coincidence.

Zorba Books Pvt. Ltd.(opc)
Gurgaon, INDIA

≈ 1 ≈

गाँव के स्कूल की अध्यापिका राधा ने पूरे महीने के लिए आटा, दाल, बेसन, चावल, धनिया, सूजी, मैदा, चीनी, बूरा, घी, तेल, नमक, राई, मेथी, हींग, सौंफ, मिर्च, हल्दी, अजवायन, और जीरा खरीद लिए। तीन झोले भर गए। गाँव की दुकान दो भाईयों बिरजू और शिब्बू की थी।

राधा बड़े भाई बिरजू से बोलीं, ''मैं तीनों झोले उठा नहीं पाऊँगी। एक झोला यहीं छोड़ जाऊँ? थोड़ी देरी में आकर ले जाऊँगी।''

''जी, जी, . . ., जी'', बिरजू हकलाए।

शिब्बू फुरती से बोले, ''मास्टराइनजी, भैया और अपना दोपहर का खाना लेने मैं घर जा रहा हूँ। अम्मा ने बना दिया होगा। मैं जानता हूँ आप काकी माँ के साथ रहती हैं। आपका घर रास्ते में ही पड़ता है। मैं आपका सामान पहुँचा देता हूँ।''

शिब्बू ने अपना साफा कसा। एक हल्का झोला राधा को पकड़ाया, दो भारी झोले खुद उठाए, और राधा से एक कदम पीछे चल दिए।

थोड़ा चलने के बाद, शिब्बू ने गला साफ किया और कहा, "मुझे तो काकी माँ से डर लगता है। सरपंच जो हैं। मास्टराइनजी, क्या आपको काकी माँ से डर नहीं लगता?"

राधाः "थोड़ा–थोड़ा, भैया। छः महीने पहले उन्होंने ही मुझे हरिद्वार से यहाँ आने की इजाज़त दी थी, स्कूल के लिए। अपने पास ठहराया। आपको तो मालूम होगा, जब से उनके कुनबे में कोई नहीं बचा, वे अपने खेत किराये पर देकर अपना खर्चा चलातीं हैं। पर मैंने देखा है कि अकेली होने के बावजूद भी वे हमेशा हिम्मत रखतीं हैं। सब के दुःख–दर्द में हाजिर होतीं हैं। गाँव में उनका कहना सब मानते हैं। काकी माँ पढ़ी–लिखी नहीं हैं, पर वे मुझ जैसे अधपके पढ़े–लिखों से ज्यादा समझ रखतीं हैं। मुझे बहुत कुछ सिखातीं हैं, खूब प्यार से, थोड़ी सख्ती से। मेरे लिए तो वे देवी हैं।"

शिब्बूः "अरे बाबा, मैं क्या बोल पड़ा! मास्टराइनजी, काकी माँ से कुछ मत कहिएगा। मेरी धुनाई हो जाएगी।"

राधाः "नहीं कहूँगी। पर, भैया, आप मुझे 'मास्टराइनजी' क्यों कह रहे हैं? मैं बाईस साल की हूँ। आपसे छोटी ही होऊँगी। आप मुझे मेरे नाम 'राधा' से बुला सकते हैं।"

शिब्बूः "मास्टराइनजी, आप मुझ से एक साल छोटी हैं। स्कूल के बच्चे सामने तो आपको 'दीदी' कहते हैं, पर पीठ पीछे सब आपको 'मास्टराइन' कहते हैं। इसलिए मैं आपको 'मास्टराइनजी' कह रह हूँ। पर मेरा मन है कि वह दिन आए जब मैं आपको एक और नाम से बुला सकूँ।"

राधाः "किस नाम से?"

शिब्बूः "भाभी।"

"कैसा मजाक कर रहे हैं आप?" राधा तपाक से बोलीं। "मुझे झोले दे दीजिए। मैं खुद ले जाऊँगी।"

शिब्बू ने झोले पकड़े रखे। "मुझे माफ कर दीजिए, मास्टराइनजी, मैंने आपको नाराज किया। पर मैं मजाक नहीं कर रहा हूँ। गंगा मैया की कसम। आपको देखकर भैया के दिमाग का लट्टू घूम जाता है। जब भी आप दुकान पर आती हैं, और भैया आपका हिसाब जोड़ते हैं, तो बार–बार गलती करते हैं। आज भी कर रहे थे। जब आपने सामान छोड़ने की बात कही, तो हकलाने लगे। शायद अभी भी हकला रहे हों। मैं तो कब से आप से बात करना चाहता था। आज मौका मिला है।"

राधा, आवेश मेंः "क्या कहना चाहते हैं आप?"

शिब्बूः "भैया मुझे से तीन साल बड़े हैं। दोपहर का खाना लाने भैया तो कभी–कभी ही जाते हैं। अक्सर मैं जाता हूँ। थोड़ी जल्दी जाता हूँ। रास्ते में अगर कुछ लड़के गुल्ली–डंडा खेलते हुए मिल जाते हैं, तो थोड़ी देर खेल लेता हूँ। भैया की नाक–नकस आप शायद खास नहीं समझें, पर गाँव में गुल्ली–डंडा के सबसे अच्छे खिलाड़ी हैं भैया। आपने कभी गुल्ली–डंडा खेला है, मास्टराइनजी?"

राधाः "जी, नहीं।"

शिब्बू: ''जब आप भाभी बन जाएंगी, तो मैं भैया को कह दूंगा आपको गुल्ली–डंडा सिखा दें। भैया में कोई ऐब नहीं है। कोई नशा नहीं करते। मीठा पसन्द करते हैं। अम्मा पूर्णमासी का व्रत रखतीं हैं। शाम को मीठा बनातीं हैं। तब हम दोनों बस मीठा ही खाते हैं।''

राधा: ''बस मीठा?''

शिब्बू: ''हमारे बचपन में पिताजी गुजर गए थे। एक दुकान छोड़ गए थे। उसी दुकान को चलाकर अम्मा ने हम दोनों को पाला। वही दुकान आज भैया और मैं चला रहे हैं। बिक्री इतनी है कि घर का खर्च ठीक चल जाता है। भैया और मेरा नाम बृजमोहन और शिवराम है, पर सब हमें बिरजू और शिब्बू कहते हैं। गाँव के बच्चे अम्मा को 'दादी' या 'नानी' कहते हैं। भैया के दोस्त और मेरे दोस्त उनको 'मौसी' कहते हैं। गाँव के बड़े–बूढ़े 'भुवनेश्वरी' या 'भुन्नो' या 'बिरजू की अम्मा' कहते हैं। मेरे जन्म के पहले ही 'बिरजू की अम्मा' नाम पड़ गया था। इसलिए, 'शिब्बू की अम्मा' कोई नहीं कहता। आप हमारे बारे में और कुछ जानना चाहेंगी क्या?''

राधा: ''जी, नहीं।''

शिब्बू: ''बिरजू भैया आपको बुरे तो नहीं लगते?''

राधा: ''मुझे कुछ नहीं कहना है।''

शिब्बू: ''तो मैं आप की इजाज़त चाहता हूँ।''

राधा: ''कैसी इजाज़त?''

शिब्बू: ''मैं अम्मा से शिकायत कर दूँ कि आपकी वजह से भैया का क्या हाल हो गया है। अम्मा बहुत खुश होंगी। अम्मा तो कब से कह रहीं हैं कि भैया का ब्याह हो जाना चाहिए। भैया टालते रहते हैं। अम्मा भैया से जरूर पूछेंगी। अब नहीं टालेंगे। पर अम्मा आपके बारे में जानना चाहेंगी। काकी माँ तो जानतीं होंगी?''

राधा: ''जी।''

शिब्बू: ''क्या अम्मा काकी माँ से आपके परिवार के बारे में पूछ लें? अगर आप भी तब वहीं हों, तो अच्छा होगा। जिस सवाल का जबाब काकी माँ नहीं दे पाएंगी, आप दे देंगी। जैसे, आपके माता–पिता हरिद्वार में कहाँ रहते हैं? दादा–दादी कहाँ हैं? नाना–नानी कहाँ हैं? बहन–भाई कितने हैं? कितने ताऊ–ताई हैं? चाचा–चाची? फूफा–बुआ? मौसा–मौसी? मामा–मामी? अम्मा के बाल सफेद हैं। चेहरे पर झुर्री हैं। दुबली सी हैं, पर जबरदस्त हैं। आपकी बीस पीढ़ी खंगाल देंगी। तैयार हैं आप?''

राधा: ''काकी माँ ने आपकी अम्मा से मुझे मंदिर में मिलाया था। तब से जहाँ भी मिलती हैं, मुझे गले लगाती हैं। मेरे सिर पर हाथ फेरतीं हैं।''

शिब्बू: ''तो आप इज़ाजत देती हैं?''

राधा: ''आप की अम्मा मेरे बारे में नहीं जानें तो अच्छा है। अगर वे थोड़ा भी जान गईं, तो और जानना नहीं चाहेंगी।''

शिब्बू: ''क्या बात है, मास्टराइनजी?''

राधाः "कुछ ऐसी ही है, भैया। अगर यह बात गाँव में फैल गई, तो मैं कहीं की भी नहीं रहूँगी। मुझे गाँव छोड़कर वापस हरिद्वार लौटना पड़ेगा। पहली बार काम मिला है, बहुत ढूंढने के बाद, काकी माँ की दया से। गाँव से खर्च मिल जाता है, तो अपनी बहनों की थोड़ी मदद कर देती हूँ। जब काकी माँ रोज सुबह आर्शीवाद देतीं हैं, तो मन खिल उठता है। यह काम मैं छोड़ना नहीं चाहती। मैं किसी अमीर घर की नहीं हूँ, भैया। मुझ से खिलवाड़ मत कीजिए , हाथ जोड़ती हूँ।"

शिब्बूः "आपके तो आँसू आ गए। मैंने क्या गलत कह दिया?"

राधाः "आँखों में धूल चली गई थी, भैया।"

शिब्बूः "यह धूल वाले आँसू नहीं हैं, मास्टराइनजी, रोने वाले आँसू हैं। मैं नहीं जानता ऐसा क्यों हुआ। इसका पता अम्मा को लगाना होगा। अम्मा जितनी गरम हैं, उससे कहीं ज्यादा नरम हैं। मैंने आपको रुला दिया, अब मुझे आपको हँसाना होगा।"

राधाः "भैया, मैं ठीक हूँ।"

शिब्बूः "अभी मैंने गंगा मैया की कसम खाई थी। अब मैं फिर कसम खाता हूँ कि आप, काकी माँ, अम्मा, बिरजू भैया, और मेरे सिवाय किसी को कुछ पता नहीं चलेगा। जब अम्मा बात पक्की कर लेंगी, तब भौंपू बजाकर गाँव में ऐलान कर दूंगा। भैया के दोस्त और मेरे दोस्त पहले तो भैया के पास जाकर सहानुभूति जताएंगे। उसके बाद नाचेंगे और

गाएंगे——'फँस गए, लाला, फँस गए'। फिर मिठाई मांगेंगे। इतने खाऊपीर हैं कि हमारा तो दिवाला ही निकल जाएगा। अब घर जाकर अम्मा को पट्टी पढ़ानी होगी कि अम्मा कल दोपहर ही काकी माँ से मिलने जाएँ। क्या आप तब तक स्कूल से घर आ चुकीं होंगी?''

राधाः ''भैया, आप तो पीछे ही पड़ गए।''

शिब्बूः ''पीछे पड़ना होगा, मास्टराइनजी। अगर आप दुकान आती रहीं, और भैया आपके हिसाब में गलती करते रहे, तो दुकान बैठ जाएगी। इससे तो अच्छा हो आप हिस्सेदार बन जाएं। जब आप भाभी बन जाएंगी, तो भैया से कह दीजिएगा कि आपको क्या-क्या सामान चाहिए। भैया दुम दबाकर भागे जाएंगे और सारा सामान ले आएंगे, और आपका हिसाब भी नहीं करेंगे।''

राधाः ''भैया, आप भी कैसी बातें करते हैं!''

शिब्बूः ''अब आप मुस्करा दीं तो आपको हँसी की कुछ कहानियाँ सुनाता हूँ। जब भैया छठी क्लास में पढ़ते थे, तो क्लास में एक लड़की थी। स्कूल में जब हम खाना ले जाते, तो अम्मा कभी-कभी हम दोनों के खाने के साथ एक-एक लड्डू रख देतीं। भैया अपना लड्डू उस लड़की को दे देते। वह खा लेती। फिर मुझे अपने लड्डू का आधा भैया को देना पड़ता। मुझे बहुत बुरा लगता।''

राधाः ''क्यों?''

शिब्बूः ''मास्टराइनजी, लड्डू तो लड्डू है। मैंने भैया को बहुत समझाया कि लड्डू मत दिया करो। पर भैया

ठहरे दिलदार, और मेरी बात नहीं माने। लड़की को हम 'लड्डू वाली' कहते थे। अब तो उसका ब्याह दूसरे गाँव में हो चुका है। जब आपका झगड़ा भैया से हो, तो धमकी दे दीजिएगा——'बुला लो लड्डू वाली को, मैं तो मायके चली।' भैया डर जाएंगे और आपकी बात फौरन मान जाएंगे।''

राधाः ''भैया, आप तो कहाँ से कहाँ पहुँच गए!''

शिब्बूः ''अच्छा, अब मैं कहीं और पहुँचता हूँ। बहुत जरूरी बात है। पिछले मंगलवार को मंदिर के प्रसाद में जो हलवा बँटा था, मुझे पंडितजी से पता लगा वह आपने बनाया था। ठीक?''

राधाः ''जी, काकी माँ के कहने पर बनाया था।''

शिब्बूः ''बिरजू भैया और मुझे बहुत अच्छा लगा। याद रखिएगा, भाभी बनने पर आपको मेरे लिए हलवा बनाना होगा। हलवा बनाना कहाँ सीखा आपने?''

राधाः ''हरिद्वार में मेरी गुरु माँ हैं। उन्होंने सिखाया। वे सब कुछ बहुत अच्छा बनातीं हैं।''

शिब्बूः ''मुझे तो हलवा इतना अच्छा लगा कि मैं दो बार प्रसाद ले आया। बिरजू भैया और मैंने मिलकर खाया। मैं भैया को बोला, 'तुम भी दोबारा प्रसाद ले आओ।' भैया की मर्जी तो थी जाने की, पर गए नहीं। डरपोक हैं। बोले, 'पंडितजी नहीं देंगे।' मैं तो तीसरी बार जाने वाला था, पर भैया ने रोक दिया।''

राधाः ''क्या हलवा आपको इतना अच्छा लगा?''

शिब्बू: ''जी, हाँ। अम्मा को नहीं बताया कि मैं दो बार प्रसाद लाया था। अम्मा नाराज होतीं कि क्या प्रसाद दो बार लाया जाता है! बात फैल गई तो बदनामी हो जाएगी। आपने सुना होगा, मास्टराइनजी, कि मनुष्य का सबसे सच्चा प्यार खाने से होता है।''

राधा: ''नहीं, मैंने ऐसा नहीं सुना।''

शिब्बू: ''स्कूल में भी नहीं पढ़ा?''

राधा: ''जी, नहीं।''

शिब्बू: ''आजकल स्कूलों में ठीक से पढ़ाई नहीं होती। मेरा एक दोस्त कहता है कि उसे सबसे ज्यादा खुशी तब होती है, जब उसकी बीबी कहती है, 'सुनिए जी, खाना तैयार है।' हाँ, हमारे कुछ दोस्तों का ब्याह हो चुका है। अब आप भाभी बन जाएंगी, तो आप को गाँव की कुछ भाभियों के बारे में बताता हूँ जिससे आप पहले से ही तैयार हो जाएँ। कुछ दिन हुए भैया और मैं शाम का खाना खा रहे थे कि भैया के एक दोस्त पहुँच गए और अम्मा से बोले, 'मौसी, क्या बना रही हो? घर के बाहर तक सुगन्ध आ रही है।' अम्मा हँस कर बोलीं, 'खटपट हो गई, क्या?', और उन्हें खाना परोस दिया।''

राधा: ''किस से खटपट?''

शिब्बू: ''अपनी बीबी से। जब वे खाना खा चुके थे, तब उनकी बीबी आ गईं, और उनसे कहा, 'तो आप यहाँ हैं। मैं तो आपको सब जगह ढूंढते ढूंढते थक गई, और आप यहाँ खाना खा रहे हैं।' फिर अम्मा से बोलीं, 'मौसी, आप इन्हें खाना मत दिया करिए। जब इनको घर में खाने का मन

नहीं होता, तो मुझसे लड़ाई शुरु कर देते हैं।' भैया के दोस्त तेजी से बोल पड़े, 'जब इसको खाना नहीं देना होता, तो यह मुझसे लड़ाई शुरू कर देती है, मौसी। कोई अजूल–फजूल बात पर। इसके दिमाग में भूत है। किसी ओझा से इसका दिमाग झड़वाना होगा।' तब बीबी बोलीं, 'अजी, बहुत हो गया। अब घर चलिए। कुछ लाज–शरम तो रखिए।' वे उठकर बीबी के पीछे चल दिए। दरवाजे पर पहुँच कर घूमे और हल्के से बोले 'ओझा'। अब हम सब उनकी बीबी को 'ओझा भाभी' के नाम से पुकारने लगे हैं।''

राधा हँसीं। ''कहाँ से लाए, भैया, आप ऐसी कहानी?''

शिब्बू: ''यह कहानी सच है, मास्टराइनजी। मेरे पास एक और सच्ची कहानी है। मेरा एक दोस्त है। मुझे बता रहा था कि एक सुबह उसकी बीबी उससे झगड़ पड़ीं, और बोलीं, 'जब तक आप मेरी बात नहीं मानेंगे, मैं खाना नहीं खाऊँगी।' वह सोच नहीं पाया क्या कहे। चुपचाप घर से निकल गया। जूते के तलवे में छेद था। रास्ते के कंकर–पत्थर चुभने लगे। कुछ देर तो सहता रहा। फिर सहना मुश्किल हो गया। जूते बदलने घर लौटा, तो बीबी को देखकर हैरान रह गया। तौबा तौबा तौबा। राम राम राम। लोगों को पता लग गया, तो न जाने क्या–क्या कहेंगे? आप जानतीं हैं, मास्टराइनजी, वे क्या कर रहीं थीं?''

राधाः ''मुझे क्या मालूम, भैया।''

शिब्बू: ''दही और अचार के साथ घी से तरातर आलू के पराँवठे खा रहीं थीं। उनका नाम अब 'पराँवठा भाभी' हो गया है।''

राधाः ''क्या आप लोग सभी को ऐसा—वैसा नाम देते रहते हैं?''

शिब्बूः ''जब आप भाभी बन जाएँगी, तो आपको भी कोई अच्छा सा नाम दे दिया जाएगा। इससे पहले कि भैया के दोस्त और मेरे दोस्त आपको कोई ऊट—पटाँग नाम दे दें, आप मुझे बता दीजिएगा कि आपको क्या नाम पसन्द है। मैं वही नाम फैला दूंगा। जैसे 'हलवा भाभी'। मीठा सा नाम है। पसन्द है आपको?''

राधाः ''आपके सवाल का कोई जबाब नहीं है मेरे पास।''

शिब्बूः ''आप भाभी बनें, उससे पहले मैं आपको एक बात बता दूँ। हमारा एक असूल है। दोस्तों के सामने कोई भी आदमी अपनी बीबी की तरफदारी नहीं कर सकता, नहीं तो वह 'बीबी से डरने वाला' कहलाया जाता है। ऐसा कहलाना कोई पसन्द नहीं करता।''

राधाः ''क्यों?''

शिब्बूः ''मेरा एक दोस्त तो सच बीबी से डरता है। जब बीबी आवाज लगातीं हैं, 'अजी, सुनते हो जी', तो उसकी सिट्टी पिट्टी गुम हो जाती है। सोच नहीं पाता क्या करे। सांस फूल जाती है। पसीना आ जाता है। दिल धक—धक करने लगता है। आँख बचाकर, घर के पीछे के दरवाजे से बाहर निकल जाता है, और थोड़ी देर के लिए कहीं छिप जाता है। दबे पाँव घर लौटता है, खाट पर लेट जाता है, और सिर से पैरों तक अपने को चादर से ढक लेता है। उसकी बीबी को हम 'हिटलर भाभी' कहते हैं। सुना है हिटलर कोई थे, जिनसे बहुत लोग बहुत डरते थे।''

11

राधाः "आप के दोस्तों की बीबियाँ आप लोगों से तंग आ गईं होंगी।

शिब्बूः "नहीं, ऐसी बात नहीं। नखरा करतीं हैं। बबाल खड़ा कर देतीं हैं। दीवाली पर उन के पास धमाके वाले पटाखे न छोड़ो, और होली पर उन को रंग न दो, तो रूठ जातीं हैं। कहतीं हैं, 'क्या हम इतने बुरे हैं कि हम से बात भी नहीं करते?' फिर उन्हें मनाना पड़ता है। हलवाई की दुकान से लाकर मिठाई खिलानी होती है। बड़ी महंगी पड़ती है। मुझे तो हम आदमियों पर दया आती है। भाभी बनने पर जब भी आपको मिठाई खानी हो तो रूठ जाया करिएगा। फिर भैया आपके लिए तरह–तरह की मिठाई लाएंगे।"

राधाः "भैया, आप बहुत शरारती बातें करते हैं।"

शिब्बूः "आपका घर आने वाला है। यदि आपके मन में हमारे बारे में कोई भी सवाल उठे, तो काकी माँ से पूछ लीजिएगा। वे हमें अच्छी तरह जानतीं हैं। अम्मा कहतीं हैं कि काकी माँ ने भैया और मुझे गोद खिलाया है। उन्होंने तो बहुतों को गोद खिलाया है। उनकी उम्र किसी को नहीं मालूम। उनको खुद नहीं मालूम। लोग कहते हैं कि उनकी जवानी में द्वापर युग चल रहा था। वे यशोदा मैया के साथ रहतीं थीं, और कृष्णजी को गोद खिलातीं थीं। उनका नाम 'काकी माँ' कृष्णजी ने रखा था।"

"लोग तो जाने क्या–क्या कहानी बना देते है।" राधा हँसीं।

शिब्बूः ''जब आपके आँसू आए थे तो बुरा लग रहा था। अब आप हँस रहीं हैं, तो अच्छा लग रहा है। आपको मैं हँसी वाली और कहानी सुनाता, पर आपका घर आ गया है। देखिए, काकी माँ आपका इन्तजार कर रहीं हैं।''

घर के दरवाजे पर काकी माँ खड़ीं थीं। कद में छोटीं, भारी वजन, बाल सफेद, मोटा चश्मा, राधा को देख कर बोलीं, ''अरी, बड़ी देर कर दी तूने। तेरे साथ कौन है यह? अरे, यह तो भुन्नो का शिब्बू लगे है। क्यों रे, शिब्बू तू क्या कर रहा है इधर?''

शिब्बू घर की देहली पर बैठ गए और कराहने लगे।

काकी माँः ''क्या हुआ, तुझे?''

''काकी माँ, मास्टराइनजी ने इतना सामान खरीद लिया कि दुकान खाली हो गई। वही सामान उठाकर ला रहा हूँ। सामान इतना भारी है कि हाथों में दर्द हो गया, पैरों में दर्द हो गया, कमर में दर्द हो गया, कंधों में दर्द हो गया, पेट में दर्द हो गया, सिर में दर्द हो गया, आँखों में दर्द हो गया, नाक में दर्द हो गया, कानों में दर्द हो गया, दांतों में दर्द हो गया। कोई दवाई है, काकी माँ?'' शिब्बू छटपटाए।

राधाः ''भैया, घर में सरसों का तेल है। मैं गरम कर के लाई। आप हाथ–पैर में मल लेना। दर्द ठीक हो जाएगा।''

काकी माँः ''अरी, बावली, इसकी दवाई मैं जानू हूँ। कटोरदान लेकर आ।''

राधा कटोरदान लाई और उसका ढक्कन खोला। शिब्बू के सामने कटोरदान रख दिया।

''गोले की पंजीरी, काकी माँ!'' शिब्बू ने किलकारी भरी, एक पंजीरी उठाई, और खड़े हो गए। ''ऐसी दवाई खिलाओगी, तो मैं रोज मास्टराइनजी का सामान उठाने को तैयार हूँ। मास्टराइनजी, क्या आप जानतीं हैं कि यह पंजीरी समुद्र मंथन में निकली थी? देवताओं और राक्षसों में इसके लिए युद्ध छिड़ गया। कभी राक्षस पंजीरी लेकर भाग जाते, तो देवता उनका पीछा करते। कभी देवता पंजीरी लेकर भाग जाते, तो राक्षस उनका पीछा करते। करोड़ों वर्षों तक युद्ध चलता रहा। तब से काकी माँ की यह पंजीरी तीनों लोकों में प्रसिद्ध हो गई है। माखन के साथ-साथ कृष्णजी यह पंजीरी भी चुराया करते थे। महाराजा अशोक घुड़सवार भेजकर यह पंजीरी मंगाते थे? आजकल लोग दूर-दूर से हवाई जहाज में आते हैं इसे खाने——''

''बकबक बन्द कर,'' काकी माँ ऊँचा बोल पड़ीं। ''अपनी अम्मा को कहना कि मुझ से मिलने आवें। अगले महीने राम कथा में क्या प्रसाद बनेगा, यह बात करनी है।''

शिब्बू: ''जरूर, काकी माँ, जरूर। अम्मा से कह दूंगा कि कल इसी समय आपसे से मिलने आएँ। प्रसाद के फैसले में देरी नहीं होनी चाहिए।''

काकी माँ: ''अभी- अभी दो औरतें घर के सामने से गईं। दोनों ने घूंघट काढ़ा हुआ था। नमस्ते भी नहीं करी। ऐसा लगा वे दुबक कर निकल रहीं हैं। कौन थीं?''

राधाः "मुझे नहीं मालूम। मेरा ध्यान नहीं गया उन पर।"

शिब्बूः "मेरा भी नहीं । . . . मास्टराइनजी, जब कल अम्मा आएं तो अच्छा होगा अगर आप भी यहाँ हों। आप प्रसाद में अपनी पसन्द बता सकतीं हैं। अच्छा सा प्रसाद चुनना। मैं कई बार ला सकूँ।"

~ 2 ~

शिब्बू घर पहुँचे, तो अम्मा बोलीं, ''आज इतनी देरी कैसे हो गई?''

शिब्बू: ''एक ग्राहक का सामान घर पहुँचाना था, अम्मा।''

अम्माः ''खाना ठंडा हो गया है। मैं गरम किए देती हूँ।''

शिब्बू फर्श पर बैठ गए। ''अम्मा, अगर भैया का ब्याह हो गया होता, तो आपको खाना दोबारा गरम नहीं करना पड़ता।''

अम्माः ''क्या मतलब?''

''मुझे आने में देरी हो गई थी, तो भाभी के हाथ खाना भिजवा देतीं। अगर भैया कम खाते, तो भाभी मिनमिनातीं, 'देखिएजी, मैं तो खाना लाई हूँ और आप ठीक तरह खा भी नहीं रहे हैं।' फिर गुस्से में गरजतीं, 'इससे तो अच्छा हो मैं खाना लाऊँ ही न।' भाभी की डाँट सुनकर, भैया ज्यादा खा लेते। कुछ ही दिनों में भैया फूलकर कुप्पा बन जाते।'' शिब्बू पहले मिनमिनाए और फिर गरजे।

अम्माः ''अब खाना भेजने को कहाँ से लाऊँ तेरे लिए भाभी? जब भी तेरे भैया से ब्याह की बात करती हूँ तो कह

देता है, 'अभी थोड़े दिन और रहने दो, अम्मा।' मैं तो सब्र खो बैठी हूँ। तू बात कर उससे।''

शिब्बू: ''न, अम्मा, न। मैं भैया को शादी करने के लिए नहीं कह सकता, अम्मा। समझदारों की राय है किसी से मत कहो कि युद्ध लड़ो या शादी करो। दोनों में जान को खतरा होता है। . . . पर मैं एक रिश्ता जानता हूँ जहाँ भैया राजी हो जाएंगे।''

अम्मा: ''तू मजाक तो नहीं कर रहा? कौन है वह?''

शिब्बू: ''स्कूल की मास्टराइन। नाम है राधा। बाइस साल की हैं। हलवा अच्छा बनातीं हैं। उन्होंने ही बनाया था वह हलवा जो पिछले मंगलवार को मंदिर के प्रसाद में बँटा था।''

अम्मा: ''जो तू दो बार लाया था।''

शिब्बू: ''आपको मालूम चल गया?''

अम्मा: ''मुझे क्या, सारे गाँव को मालूम है। लोग देखते नहीं क्या? तेरे और तेरे भैया के सारे कारनामों की खबर रहती है, मुझे। कब आएगी तुम दोनों को अकल? अच्छा बता, राधा के बारे में तुझे कैसे मालूम?''

शिब्बू: ''मालूम कर के ही तो बता रहा हूँ।''

अम्मा: ''क्या हमारी जात–बिरादरी की है?''

शिब्बू: ''यह मैं नहीं जानता। आप को पता लगाना होगा। आप तो शायद मिल चुकीं हैं, उनसे?''

अम्माः ''काकी माँ ने मिलाया था। उसके बाद जब भी मुझे मिलती है, मेरे पैर छूती है। सुन्दर है। गाँव में आए कुछ महीने हो गए हैं, पर उसके बारे में कोई गलत बात नहीं सुनी। आँखें नीचे कर के चलती है। किसी अच्छे घर की लगती है। मालूम नहीं यह बात मैं ने खुद क्यों नहीं सोची। तू पक्का जानता है कि तेरा भैया राजी हो जाएगा?''

शिब्बूः ''पक्का, अम्मा, पक्का, पक्का, पक्का।''

अम्माः ''अगर तू मजाक कर रहा है, तो मैं तेरी खाल उधेड़ दूंगी।''

शिब्बूः ''उल्टा भी लटका देना। पर अगर भैया राजी हो गए, तो कल इमली की चटनी बनाना, अम्मा। बहुत दिन से आपने नहीं बनाई। आज शाम भैया से पूछ लेना। अगर भैया घीं–घीं करने लगें, तो समझ लेना भैया राजी हो गए। फिर कल दोपहर काकी माँ से मिल आना, और मास्टराइनजी के बारे में सब पूछ लेना।''

अम्माः ''कल दोपहर?''

शिब्बूः संयोग से आज काकी माँ मिलीं थीं। उन्होंने कहा है कि आप उनसे मिल आएं। अगले महीने राम कथा के लिए प्रसाद चुनना है। प्रसाद की बात कर लेना, और मास्टराइनजी की भी। . . अम्मा, कहीं से हँसी की आवाज आ रही है, औरतों की हँसी। कहाँ से आ रही है?''

अम्माः "तुझे औरतों की हँसी से क्या करना? खाना गरम हो गया है। इसे ले जा, और मुझे चैन से सोचने दे। मेरी जान मत खा।"

"नहीं, अम्मा, आपकी जान नहीं खाउँगा। अब खाना खाउँगा।" शिब्बू हँसते हुए चल दिए।

⌇ 3 ⌇

अगली दोपहर जब शिब्बू खाना लेने घर आए, तो अम्मा बोलीं, ''ले खाना पकड़, और यह कनस्तरी उठा। कनस्तरी में राम कथा के लिए प्रसाद का नमूना है। देखते हैं काकी माँ क्या पसन्द करतीं हैं? मुझे उनके घर तक छोड़ आ। फिर तू खाना लेकर दुकान चले जाना। इमली की चटनी साथ रख दी है। तूने ठीक कहा था। जब तेरे भैया से राधा के बारे में पूछा, तो घीं–घीं करने लगा। इन मामलों में तू और बिरजू इतने फरक हो कि लगता नहीं तुम दोनों एक ही जाया के हो।''

शिब्बू: ''अच्छा अम्मा, आप कहती हो, तो मैं आज से भैया जैसा बन जाऊँगा।''

अम्मा: ''न, रे, न। एक जैसे दो नमूनों को मैं झेल नहीं पाऊँगी। गनीमत है, बन्दर कभी बछड़ा नहीं बन सकता। . . . देख, जब तक राधा की बात पक्की नहीं हो जाती, तब तक किसी को इसकी भनक भी न पड़े। अपनी जबान बन्द रखना। समझा?''

''समझ गया, अम्मा, समझ गया।'' शिब्बू ने अम्मा को फौजी सलाम दिया।

अम्मा: ''अब चल यहाँ से।''

4

अम्मा और शिब्बू जब काकी माँ के घर पहुँचे, तो काकी माँ और राधा तख्त पर बैठीं थीं। राधा रामचरितमानस से पढ़कर काकी माँ को राम–लक्ष्मण का जनकपुरी प्रवेश सुना रहीं थीं। राधा ने ग्रन्थ बन्द किया, और तेजी से उठकर अम्मा के पैर छुए। अम्मा ने राधा को गले लगाया और सिर पर हाथ फेरा। शिब्बू ने कनस्तरी काकी माँ के सामने रख दी।

काकी माँः ''अच्छा हुआ, बिरजू की अम्मा, तुम आ गईं। आओ इधर बैठो। कनस्तरी में क्या लाई हो?''

''चार तरह की बरफी। औरतों को चखा देना, और चुन लेना प्रसाद के लिए कौन सी अच्छी रहेगी।'' अम्मा काकी माँ के बगल में तख्त पर बैठ गईं।

काकी माँः ''मैंने और औरतों से भी पुछवाया है। वे भी कुछ लाएंगी। पाँच–छः दिनों में तय कर लेंगे कि प्रसाद में क्या–क्या बनाना है। फिर सब मिल कर बना लेंगी।''

''अम्मा, मैं दुकान चला। खाने को देरी हो रही है। भैया के पेट में चूहों के साथ हाथी–घोड़े भी कूद रहे होंगे। मेरे तो कूद रहे हैं।'' शिब्बू घर से बाहर चल दिए।

राधाः ''काकी माँ, थोड़ा शिब्बू भैया को दे दूँ ? हलवा ज्यादा हो गया है।''

काकी माँः ''अरी, मुझसे क्या पूछै है, खुशी से देदे। दोनों भाई खा लेंगे।''

राधा फुरती से घर के दरवाजे पर आई और थोड़ी ऊँची आवाज में बोलीं, ''शिब्बू भैया, शिब्बू भैया, रुकिए।''

शिब्बू गली में घूमे और शरारती आवाज में कहा, ''क्या कसूर हो गया, मास्टराइनजी, मुझसे? आपसे डर लग रहा है। क्या सजा देंगी आप?''

''मैं आपके लिए कुछ लाई।'' राधा घर में गई और जल्दी से बाहर आईं। उनके हाथों में एक ढका दोना था। शिब्बू के पास आकर, राधा धीमे स्वर में बोलीं ''आज सुबह हलवे को मन करा था। काकी माँ से पूछा तो उन्होंने कहा, 'बना ले।' पर अन्दाजा गलत हो गया। ज्यादा बन गया। थोड़ा आप ले जाइए। बड़े शौक से बनाया है। मना मत करिएगा।''

शिब्बू उछले और राधा के हाथों से दोना ले लिया। फिर वे भी धीमे स्वर में बोले, ''मैं कब मना करने लगा, मास्टराइनजी। बिरजू भैया को जब मैं बताऊँगा कि आपने हलवा भेजा है, तो वे फिर हकलाने लगेंगे। आपने इतना हलवा दे दिया है कि दोस्तों को भी खिला सकता हूँ। कल दोस्तों ने मुझे आपका सामान ले जाते देखा था। बाद में पूछ रहे थे कि मास्टराइनजी से क्या भाड़ा मिला। जब मैं कहूँगा कि हलवा मिला है, और उनको खिलाऊँगा, तो उनकी बोलती बन्द हो जाएगी। अब से दौड़े–दौड़े आएंगे आपका सामान उठाने को। . . . पर आपके आँसू फिर आ गए , और आप काँप रहीं हैं। क्या बात है?''

राधाः ''कुछ नहीं, भैया।''

शिब्बूः ''कुछ बात तो जरूर है। एक बार अम्मा की रेलगाड़ी आपके लिए शुरु हो गई, तो कोई लाल बत्ती उन्हें रोक नहीं पायेगी।''

शिब्बू छलांग लगाते हुए काकी माँ के पास पहुँचे और जोर से बोले, ''काकी माँ, काकी माँ, मास्टराइनजी के हाथ हलवा भेजकर आपने भैया और मेरी मनोकामना पूरी कर दी। आपकी भी सारी मनोकामना पूरीं हों। अम्मा, आपकी भी, और मास्टराइनजी की भी। काकी माँ, जब भी आप हलवा बनवाएँ, किसी चिड़िया के हाथ मुझे खबर भिजवा दीजिएगा। मैं चिड़िया की पीठ पर बैठकर हलवे के लिए उड़ता हुआ आ जाऊँगा। अम्मा ने इमली की चटनी दी है, और आपने हलवा। आज तो भैया और मेरी दावत होगी।''

शिब्बू थिरकने और गाने लगे, ''दावत है जी, दावत है, आज हमारी दावत है।'' फिर थिरकते हुए बाहर गली में आए, जहाँ राधा खड़ीं थीं। राधा के चारों तरफ एक चक्कर लगाया, झुककर नमस्कार किया, बोले, ''जय रामजी की, मास्टराइनजी,'' और दुकान की ओर चल दिए।

काकी माँः ''भुन्नो, तुम्हारा यह शिब्बू क्या हमेशा बच्चा ही रहेगा?''

''हाँ, काकी माँ, हाँ।'' अम्मा ने गहरी सांस ली। ''यह हमेशा बच्चा ही रहेगा। पहले छोटा बच्चा था। अब बड़ा बच्चा है।''

काकी माँः ''इसका ब्याह कैसे कराओगी?''

अम्माः "मैं तो सोचते हुए डरती हूँ। तब तक इसकी भाभी आ चुकी होगी। उसको दे दूंगी इसके ब्याह की जिम्मेदारी। कहीं न कहीं तो कोई मिल ही जाएगी, जो इससे निभा सके। मेरे बस की बात ना है इसका ब्याह कराना।"

काकी माँ ने राधा को आवाज लगाई, "अरी, बाहर क्यों खड़ी है? आ, अन्दर आ।"

राधा ने सिर झुकाए धीमी चाल से कमरे में प्रवेश किया। काकी माँ बोलीं, "जब तू बाहर शिब्बू को हलवा दे रही थी, तो यहाँ उसकी अम्मा तेरे बारे में पूछ रहीं थीं। तू अपने बारे में मुझे बता चुकी है, पर तब भी अच्छा हो तू ही सीधे इनको बता दे। जो पूछैं, उसका ठीक–ठीक जबाब देना। हिचकिचाना मत। शरम की कोई बात नहीं।"

"क्या पूछना है, अम्मा?" राधा ने हल्की आवाज में कहा।

"आ मेरे पास बैठ . . . जमीन पर नहीं . . . मेरी बगल में . . . ठीक।" अम्मा ने अपना हाथ राधा के सिर पर फेरा। "पहले यह बता तूने मुझे 'अम्मा' क्यों कहा, 'चाची' या 'मौसी' क्यों नहीं कहा?"

राधाः "बाहर शिब्बू भैया 'अम्मा' कह रहे थे।"

अम्माः "ठीक है। मुझे 'अम्मा' ही कह। मैं तुझसे तेरे बारे में पूछना चाहती हूँ। जानती है क्यों?"

राधाः "जी।"

अम्माः "किसने बताया?"

राधाः "शिब्बू भैया।"

अम्माः "वह बौड़म बहुत बोलता है। खैर, अच्छा हुआ तू जानती है। . . . तुझे काकी माँ ने अपने पास ठहराया, इसलिए सब ठीक होगा, पर दुनियादारी निभानी पड़ती है, इसलिए तुझसे यह पूछ रही हूँ। तेरी जात क्या है?"

राधा धीमे से बोलीं, "मुझे नहीं मालूम, अम्मा।"

अम्माः "माँ–बाप ने बताया नहीं?"

राधाः "जी, नहीं।"

अम्माः "क्यों?"

राधाः "जन्म देने वाले माता–पिता के बारे में मुझे कुछ नहीं मालूम। हरिद्वार में एक गुरु माँ हैं, उन्होंने मुझे पाला।"

"कौन हैं ये गुरु माँ?" अम्मा ने राधा के कन्धे पर अपना हाथ रखा।

राधाः "वैष्णव सन्यासिन हैं, होम्योपैथी की डॉक्टर भी। रोज सुबह मरीज देखतीं हैं। किसी से कुछ नहीं मांगतीं। मरीज अपनी इच्छा से जो भी दे जाते हैं, उसी से अपना काम चलातीं हैं, और तीन लड़कियाँ पालतीं हैं। उन लड़कियों में सबसे बड़ी मैं हूँ। हम तीनों लड़कियाँ अपने–अपने माता–पिता द्वारा अलग–अलग तरीकों से छोड़ दी गईं हैं। हम एक दूसरे को बहन मानतीं हैं।"

अम्माः "तू अपने बारे में क्या जानती है?"

राधाः "मैं वही जानती हूँ, जो मुझे बताया गया है।"

अम्मा ने राधा को अपने पास खींचा, ''क्या बताया गया है?''

राधाः ''मैं हरिद्वार में एक कूड़े के ढेर में पाई गई थी। डॉक्टरों ने अन्दाजा लगाया मैं दो दिन की रही होंगी।''

अम्माः ''तुझे किसने पाया?''

''एक वृद्ध सज्जन सुबह दूध लेकर घर लौट रहे थे। उन्होंने कूड़े के ढेर से मेरे रोने की आवाज सुनी। एक कुत्ता मेरे टखनेको अपने दांतों में पकड़कर खींच रहा था। वे चिल्लाए, और छड़ी हिलाकर उन्होंने कुत्ते को भगाया । मोहल्ले के लोग इकट्ठे हुए। उन्होंने पुलिस बुलाई जो मुझे ले गई। कुत्ते के दांतों का निशान हल्का पड़ गया है, पर अभी तक है।'' राधा ने बाएं पैर से साड़ी थोड़ी सरकाकर निशान दिखाया।

अम्माः ''तू गुरु माँ के पास कैसे पहुँची?''

राधाः ''यह गुरु माँ ज्यादा अच्छा कह सकतीं हैं। गुरु माँ ने बताया कि जिस मोहल्ले में मैं पाई गई थी, उसका नाम राधापुरी था, इसलिए मेरा नाम 'राधा' रखा गया।''

अम्माः ''बड़ा अच्छा नाम है। इस नाम से तू हमेशा किशनजी की दुलारी रहेगी।''

''गुरु माँ कहतीं हैं कि मुझे कुत्ते से बचाने के लिए कृष्णजी स्वयं आए थे, वृद्ध सज्जन का रूप धारण कर। अपनी बांसुरी को छड़ी बनाकर उन्होंने कुत्ते को भगाया।''

अम्माः ''गुरु माँ क्या कृष्ण भक्त हैं?''

राधाः ''जी, हाँ। जन्माष्टमी को हम सब व्रत रखतीं हैं। रात पूजा के बाद प्रसाद खातीं हैं।''

अम्माः ''और कोई त्यौहार मनातीं हैं, गुरु माँ?''

राधाः ''जी, सब। रक्षा–बंधन के दिन हम तीनों लड़कियाँ गुरु माँ को राखी बांधतीं हैं। फिर हम तीनों एक दूसरे को राखी बांधतीं हैं। गुरु माँ हमें नए कपड़े देतीं हैं। वैसे तो रोज हम सब मिलकर खाना बनातीं हैं, पर उस दिन गुरु माँ हम लड़कियों को रसोई में घुसने नहीं देतीं। सारा खाना खुद बनातीं हैं।''

अम्माः ''और होली–दीवाली?''

''होली के दिन हम तीनों गुरु माँ को पूरा भिगो देतीं हैं। गुरु माँ चिल्लाती रहतीं हैं, 'बस करो, बस करो, तुम सब बिगड़ गई हो', पर हम सुनतीं नहीं। दीवाली पर दीयों से घर सजातीं हैं।'' राधा सुबकने लगीं। ''आपसे बात करते–करते गुरु माँ और बहनों की याद हो आई। पहली बार उनसे अलग रही हूँ।''

अम्मा ने राधा को अपनी बाहों में लिया और साड़ी के पल्ले से उनके आँसू पौंछे। ''तूने गुरु माँ और अपने बारे में तो बता दिया। अब तू अपनी बहनों के बारे में बता।''

राधाः ''हरिद्वार की पुलिस में गुरु माँ की बड़ी साख है। मैं जब दस साल की थी, तब महिला पुलिस एक लड़की को गुरु माँ के पास लाई। लड़की ने बताया उसका नाम 'मीना' है, और वह सात साल की है। वह अपनी माँ के साथ हरिद्वार बस अड्डे पर किसी बस से उतरी थी। उसे याद नहीं

था बस कहाँ से चली थी। दोपहर हो गई थी। सुबह से कुछ खाया नहीं था। उसने माँ से खाना मांगा।''

अम्माः ''फिर?''

राधाः ''उसकी माँ ने उसे एक झोला पकड़ाया और कहा कि वे थोड़ी देर में खाना लेकर लौटेंगी। मीना इन्तजार करती रही, पर वे लौटीं नहीं। मीना रोने लगी। एक बस कन्डक्टर मीना को पुलिस के पास ले गए। झोले में चार रोटी, थोड़ी फूल गोभी की सब्जी, और मीना के दो जोड़ी कपड़े मिले।''

अम्माः ''क्या उसे याद है जो उसकी माँ ने किया?''

राधाः ''जरूर है। एक बार गुरु माँ ने हम दोनों को सब्जी लेने बाजार भेजा था। सब्जी लेकर हम घर लौट रहीं थीं कि मुझे याद आया मैंने आलू नहीं लिए। मीना को सब्जी के साथ सड़क के किनारे खड़ा कर, मैं वापस दुकान गई। दुकान में भीड़ हो गई थी। देरी हो गई। आलू लेकर जब मैं मीना के पास लौटी, तो वह रो रही थी। उसने सोचा मैं कभी नहीं आऊँगी। वह अब उन्नीस साल की हो गई है। बड़ी शान्त है।''

अम्माः ''और दूसरी बहन?''

राधाः ''वह मुझसे करीब नौ साल छोटी है। दिल्ली से देहरादून जाने वाली ट्रेन सुबह छः बजे हरिद्वार पहुँची। एक मुसाफिर किसी डिब्बे में चढ़े। जब वे अपनी अटैची को ऊपर की बर्थ में रखने लगे, तो उनको एक पोटली दिखाई दी।

अटैची के लिए जगह करने के लिए उन्होंने पोटली थोड़ी सरकाने की कोशिश करी, तो देखा वह कोई लड़की थी, जिसने एक फटी–मैली फ्रॉक पहनी थी। फ्रॉक और हाथ पर खून के धब्बे थे।''

अम्माः ''क्या किया, उन्होंने?''

राधाः ''उन्होंने डिब्बे में बैठे लोगों से पूछा कि क्या कोई उस लड़की को जानता है। जब किसी से 'हाँ' का जबाब नहीं मिला, तो वे ट्रेन के गार्ड के पास गए। गार्ड आए और लड़की को देखा। टांगें और पैर सूजे हुए थे। सांसें धीरे–धीरे चल रहीं थीं। लड़की बेहोश थी।''

अम्माः ''गार्ड ने क्या किया?''

राधाः ''गार्ड ने पुलिस बुलाई जो उसे अस्पताल ले गई। उसके चेहरे और बाहों पर घाव थे, जिनपर खून सूख चुका था। दोनों टांगों की हड्डियाँ टूटी हुईं थीं। वजन बहुत कम था। डॉक्टरों ने टांगों पर प्लास्टर चढ़ाया और चेहरे–बाहों की मरहम–पट्टी करी। लड़की को होश आया। बड़ी भयभीत थी। जो भी खाना मिलता, उसे डर–डर के खाती। उससे कुछ भी पूछो, तो कहती, 'पापा मारेंगे।' अपने बारे में कुछ नहीं बताती।''

अम्माः ''डरी हुई जो थी।''

राधाः ''डॉक्टरों ने अन्दाज़ा लगाया उसकी उम्र करीब पाँच साल होगी। एक हफ्ते बाद डॉक्टरों ने कहा कि उसकी जान को कोई खतरा नहीं है। अब उसको चाहिए था अच्छा

खाना और एक ऐसा व्यक्ति जो उसका विश्वास जीत सके।
एक डॉक्टर गुरु माँ को जानते थे। दो पुलिस महिलाओं
के साथ, वे लड़की को गुरु माँ के पास लाए और उसकी
कहानी सुनाई। डॉक्टर हर हफ्ते उसकी जाँच करने आते।
तीन महीने में उसकी टांगों का प्लास्टर खोल दिया गया।
तब तक वह गुरु माँ, मीना, और मुझसे हिलमिल गई थी।
पर शुरु में वह ऐसी नहीं थी।''

अम्माः ''कैसी थी?''

राधाः ''बाहों में पट्टी थी। इसलिए खुद खाना खाने में
दिक्कत हो रही थी। मैं उसे खाना खिला रही थी। एकदम
से वह रो पड़ी। मेरे पूछने पर, वह बोली, 'मारोगी तो नहीं?'
गुरु माँ ने कहा, 'नहीं।' तब वह बोली, 'मुझे भूख लग रही
है। मुझे आधी रोटी और दे दो। मैं और नहीं मांगूंगी। सच,
मैं और नहीं मांगूंगी।' गुरु माँ ने उसे गोद में लिया, प्यार
किया, और कहा, 'तुझे आधी रोटी तो नहीं मिलेगी, पर एक
रोटी मिलेगी। आज से तुझे जितनी रोटी खानी हों, उतनी
मिलेंगी। तुझे तो वजन बढ़ाना है। पर रोना मत। यहाँ तुझे
कोई नहीं मारेगा। न मैं, न राधा दीदी, न मीना दीदी।' वह
बोली, 'पापा तो नहीं आएंगे?' गुरु माँ ने कहा, 'नहीं। मुझे
नहीं लगता वे आएँगे।' अपने पापा के बारे में उसने बाद में
बताया।''

अम्माः ''क्या बताया उसने?''

राधाः ''धीरे धीरे मालूम चला वह अपना पापा के साथ
एक कमरे में रहती थी। कहाँ? वह नहीं जानती थी। माँ के
बारे में कुछ पता नहीं था। पापा रोज सुबह कमरे में बन्द कर

के चले जाते। दो सूखी रोटी दे कर। पानी में भिगोकर खा लेती। शाम को आते, तो दो सूखी रोटी और देते। वह भी पानी में भिगोकर खा लेती। कुछ भी कहती, तो उसे मारते। एक शाम एक औरत के साथ लौटे। हाथ में एक डण्डा था। औरत कमरे के अन्दर दरवाजे के पास खड़ी हो गई। पापा कमरे में आए और बोले, 'आज तू रेल में जाएगी।' यह कहकर, उसे डण्डे से मारा।''

अम्माः ''हाय, बेचारी!''

राधाः ''उसके पापा ने उसे एक बार फिर मारा। इसके बाद क्या हुआ, उसे मालूम नहीं। जब वह जागी तो वह बिस्तर पर लेटी थी और उसके हाथ–पैर पर पट्टी थी। गुरु माँ ने अन्दाज़ा लगाया कि वह दिल्ली में रहती होगी। मार खाकर, वह बेहोश हो गई। उसके पापा उसे उठाकर रेलवे स्टेशन पर किसी खाली डिब्बे के ऊपरी बर्थ पर रख गए। भीड़ में किसी ने देखा नहीं । वह डिब्बा देहरादून वाली ट्रेन में लगाया गया। बाद में जो लोग डिब्बे में चढ़े, उन्होंने ऊपर की बर्थ पर सिर्फ सामान ही देखा।''

अम्माः ''उसका नाम क्या है?''

राधाः ''उसके गुरु माँ के पास आने के अगले दिन, मीना उसका बदन गीले तौलिए से धीरे–धीरे पौंछ रही थी। दर्द से वह बेचैन थी। मीना हँस कर बोली, 'मैं कल से तेरा नाम पूछ रही हूँ। तू बता नहीं रही है। अगर तू इस तरह मचलती रही, तो मैं तेरा नाम मचलू रख दूंगी।' वह मुस्कराई। तब से हम सब उसको मचलू कहने लगीं।''

अम्माः "लगता है उसको जिन्दगी में पहली बार प्यार मिला था।"

राधाः "कुछ दिनों बाद मचलू ने बताया कि जब उसके पापा मारते थे तो उसे 'पूतना' कहते थे। गुरु माँ थोड़ी देर आँखें बन्द कर के बैठीं रहीं। फिर मचलू से बोलीं, 'तूने तो सुना नहीं होगा, पर चैतन्य महाप्रभु कृष्ण भक्त हुए थे। उन पर तेरा नाम अब से 'चेतना' होगा। तू पूतना से चेतना हो गई है।' जब वह स्कूल जाने लगी तो उसका नाम 'चेतना' लिखवाया। घर में तो हम सब उसे अब भी 'मचलू' कहतीं हैं।"

अम्माः "अब खुश है, वह?"

राधाः "जी, हाँ । तेरह साल की हो गई है। गला बहुत अच्छा है। रोज शाम जब हम सब प्रार्थना करतीं हैं, तो गुरु माँ उसे एक भजन गाने को कहतीं हैं। कबीर के भजन, सूरदास के भजन, नरसिहं मेहता के भजन, तुलसी के भजन। वह सब सुरीले स्वर में गाती है। एक बार मीना और मैंने खेल–खेल में गुरु माँ से शिकायत की वे सबसे ज्यादा प्यार मचलू से करतीं हैं। गुरु माँ खूब हँसी। फिर हम तीनों को अपनी बाहों में लपेट लिया और बोलीं, 'तुम तीनों तो मेरे ब्रह्मा, विष्णु, महेश हो।' एक–एक कर के हम तीनों को प्यार किया।"

अम्माः "मचलू सब से छोटी है। प्यारी तो होगी ही।"

राधाः "बड़ी मिलनसार है। मसखरी भी। जल्दी ही सबका दिल जीत लेती है। करीब चार साल पहले की बात

है। एक दिन मचलू और उसकी सहेली सुखबिन्दर स्कूल से लौट रहीं थीं। बारिश से भीगी सड़क पर दोनों भाग रहीं थीं। होड़ कर रहीं थीं कि ज्यादा तेज कौन भाग सकती है। मचलू फिसल कर गिर गई। हाथों के बल गिरी, तो वहाँ से खून बहने लगा।''

अम्मा हँसी। ''शैतानी भी करती है!''

राधाः ''सुखबिन्दर का घर पास था। वह मचलू को अपने घर ले गई। सुखबिन्दर की माँ ने मचलू के हाथ का खून साफ किया और पट्टी बांध दी। देरी हो गई थी। मचलू डर रही थी कि गुरु माँ नाराज होंगी। सुखबिन्दर की माँ मचलू और सुखबिन्दर को साथ लेकर गुरु माँ से मिलने आईं और उन्हें सब बता दिया। गुरु माँ ने हम चारों लड़कियों को रसोई में भेज दिया कि सुखबिन्दर की माँ के लिए आलू की टिक्की और शरबत बना कर लाओ। बाहर के कमरे में वे दोनों बातें करतीं रहीं।''

अम्माः ''तुम लड़कियों के बारे में बातें कर रहीं होंगी।''

राधाः ''मुझे नहीं मालूम। चलते वक्त, गुरु माँ ने सुखबिन्दर की माँ का हाथ अपने हाथों में लिया और बोलीं, 'हरबिन्दरजी, आपने मेरी बेटी का ध्यान रखा। रब हमेशा आपका ध्यान रखें।' उन्होंने गुरु माँ को जबाब दिया, 'मेरी माँ मुझे बिन्दू कहतीं थीं। आप भी मुझे बिन्दू कहिए।' सुखबिन्दर उनके पास खड़ी थी, और हम तीनों सामने एक कोने में। हम तीनों की तरफ घूम कर बोलीं, 'तुम तीनों छोरी अब से मुझे बिन्दू चाची कहोगी। सुखबिन्दर तुम्हारी नई बहन सुख्खी होगी। सुख्खी के पापा तुम्हारे बिन्दू चाचा होंगे। बिन्दू चाचा

की कपड़ों की दुकान है। हर की पौडी से थोड़ी दूर। तुम से मिलाने उनको लाऊँगी।' पास आकर, उन्होंने हमारे सिर सहलाए, और हँस कर मचलू से बोलीं, 'जब तू घर आई, तूने अपना नाम चेतना क्यों बताया? तेरा नाम तो मचलू है। मचलू नाम बिल्कुल ठीक है। मचल रही थी तब ही तो तू गिरी थी।' यह कहकर वे चलीं गईं।''

अम्माः ''क्या बिन्दू चाचा आए?''

राधाः ''जी, हाँ। अगले इतवार को चाचा, चाची, और सुख्खी आए। चाची जितनी पतलीं, चाचा उतने ही हट्टे–कट्टे। चाचा ने बताया कि उनका नाम सन्तोख सिंह है। उन्होंने हँसते हुए शिकायत करी कि वे चाहते तो थे हमारे सन्तु चाचा बनना, पर मालूम चला चाची ने पहले ही उन्हें बिन्दू चाचा बना दिया था। 'चाची बड़ी चालाक हैं,' वे बोले। गुरु माँ की इजाजत लेकर चाचा–चाची हम तीनों को अपने घर ले गए।''

अम्माः ''अपने घर?''

राधाः ''जी, अम्मा। उनके घर के एक कमरे में गुरु नानक का एक बड़ा चित्र है। हम सब चित्र के सामने बैठे। चाचा बोले, 'हम सबको नानक देव जी ने मिलाया है। थोड़ा कीर्तन करेंगे कि हम मिलते रहें।' कीर्तन के बाद, चाची ने मचलू को एक भजन गाने को कहा। वे मचलू के गाने के बारे में गुरु माँ से सुन चुकीं थीं। मचलू ने मीरा बाई का भजन सुनाया––'साँवरिया के दरसन पाऊँ, पहिर कुसुम्बी सारी'। बड़े लय से गाया। गाते वक्त उसका चेहरा एक अनोखी आभा से चमक रहा था। चाचा ने मचलू की पीठ

थपथपाई और बड़े उत्साह से कहा, 'शाबाश, पुत्तर, शाबाश। तू तो मेरा मन मोह लित्ता है।' चाची बोलीं, 'मेरा भी।' मचलू शर्मा गई।''

अम्माः ''फिर।''

राधाः ''चाची ने कहा, 'खाने का समय होता आया। क्या खाओगी?' हम तीनों ने तो कुछ नहीं कहा, पर सुख्खी बोली, 'कढ़ी–चावल'। चाची बोलीं, 'चलो रसोई में। संग–संग बनाएंगी' । हमने मिलकर दही और बेसन घोलकर कढ़ी बनाई, चावल उबाले, आलू भूने, रोटी सेकीं। मचलू और सुख्खी ने धनिए–पौदीने की खट्टी–मीठी चटनी बनाई। दोनों लगातार बतियाती रहीं। चाची ने कहा, 'हाय रब, ये दोनों तो जुड़वां निकलीं।' जब हम खाना बना रहीं थीं, चाचा बाजार से गुलाब जामुन ले आए। सब ने मिलकर खाना खाया। गंगा किनारे घूमने गए। फिर चाचा–चाची हम तीनों को गुरु माँ के पास छोड़ने आए। हम खुश थीं। गुरु माँ बोंलीं, 'कौनसा किला जीत कर आई हो?' वे चाची से गले मिलीं और उन्हें विदा किया।''

अम्माः ''फिर कभी आए, चाचा–चाची?''

राधाः ''जी, बराबर। महीने में एक–दो बार। छुट्टी के दिन, घर ले जाते। चाची की या हम लड़कियों में किसी एक की नकल उतार कर, चाचा हम को हँसाते। मचलू भजन गाती और सुख्खी पायजेब पहनकर नाचती। सुख्खी और मचलू को चाचा 'खर–दूशण' कहते।''

अम्मा हँसी। ''खर–दूशण?''

राधाः "घर के पीछे खुली जगह में चाचा कभी–कभी हमारे साथ बैट और बॉल खेलते। कहते, 'तुम चार कुड़ी इक तरफ, और मैं इकला दूजी तरफ।' अगर हम हार जातीं, तो चाची हँसतीं, 'चाचा बेईमानी करदे सी।' कभी हम सब मंसा देवी के मंदिर जाते। मंदिर के लिए पहाड़ी पर पैदल चढ़ते वक्त, चाचा हम चारों लड़कियों में दौड़ करवाते। कहते, 'जो सबसे पहले पहुँचेगी उसकी पसन्द की मिठाई खाएंगे।' मीना और मैं तो बस एक–एक बार ही जीतीं। मचलू या सुख्खी ही जीतती थीं। कहीं कोई मेला लगा होता, तो चाचा–चाची हमें ले जाते। चाट, पकौड़ी, कुल्फी खिलाते।"

अम्माः "और कहाँ–कहाँ गए?"

राधाः "एक बार हम ऋशिकेश गए और वहाँ विष्णु घाट में देर तक नहाते रहे। फिर लक्ष्मण झूला और स्वर्गाश्रम घूमने गए। एक दुकान में पूरी–आलू खाए। देहरादून जाकर, टपकेश्वर मंदिर में शिवजी के दर्शन किए।"

अम्माः "मैंने इस मंदिर के बारे में सुना है।"

"गुरु नानक और गुरु गोविन्द सिंह जी के जन्मदिन पर हम गुरुद्वारे जाते। लंगर में खाते। मंदिर और गुरुद्वारे से गुरु माँ के लिए प्रसाद लाते। पहले गुरू माँ हम सबको प्रसाद बाँटतीं, फिर खुद चाव से खातीं, और हम सबको आशीश देतीं। कभी वे चाचा–चाची और सुख्खी को रोक लेतीं। खाना खाने के बाद ही उन्हें जाने देतीं।" राधा ने आखें बन्द कर लीं और रोने लगीं। "उन सब की याद आ रही है, अम्मा।"

अम्मा ने राधा के आँसू पौंछे। राधा का रोना कम होने पर, अम्मा ने पूछा, ''तू यहाँ कैसे आई?''

राधाः ''जब मेरी पढ़ाई पूरी हो गई, तो मैं गुरु माँ, मीना, और मचलू की मदद करना चाहती थी। एक दिन बाजार में मैं अगरबत्ती खरीद रही थी कि मुझे कमर पर जोर की थपथपाहट महसूस हुई। घूम कर देखा कमला दीदी खड़ीं थीं। उन्होंने मुझे नवीं क्लास में पढ़ाया था।''

अम्माः ''तुझे पहचान गईं?''

राधाः ''जी, हाँ। दीदी ने मुझे गले लगाया और बोलीं, 'अरी, मेरी गुड्डी, तुझे तो बहुत दिनों बाद देखा।' मेरा हाथ पकड़ा, भीड़ के बाहर, सड़क के किनारे ले गईं। मेरे बारे में पूछने लगीं। मैंने बताया कि मैं काम ढूंढ रही हूँ। वे मुस्कराईं और बोलीं, 'ले तेरी इच्छा पूरी होती आई। चल मेरे साथ।' अपने घर ले गईं। पहले तो अपने और मेरे लिए मसालेदार लस्सी बनाई। फिर मुझे 'हरिद्वार सन्देश' अखबार दिखाया, जहाँ खबर छपी थी कि यहाँ एक पढ़ाने वाली की जरूरत है।''

अम्माः ''अखबार में यहाँ की खबर छपी थी?''

काकी माँः ''मैंने पंडितजी को कहा था, छपवाने को। हरिद्वार में उनकी काफी जान–पहचान है।''

राधाः ''दीदी ने मुझे अखबार दे दिया। घर आकर मैंने गुरु माँ को अखबार दिखाया, और यहाँ अर्जी भेजने की इजाजत मांगी। गुरु माँ थोड़ी देर चुप रहीं। फिर बोलीं, 'हाँ, बेटी, तेरे जाने का समय आ गया है। पर मुझे बिन्दू चाचा से

बात करने दे।' गुरु माँ के कहने पर चाचा–चाची यहाँ आए और काकी माँ से मिले।''

काकी माँ बोल पड़ीं, ''हाँ, दोनों मुझे मिलने आए थे। बड़े ही भले मानुस लगे। स्कूल देखा। गाँव घूमे। खाना खाया । पक्का किया कि राधा मेरे साथ रहेगी। एक हफ्ते बाद इसको यहाँ ले आए। कहा कि अगर यह मुझे पसन्द नहीं आई, तो मैं खबर भेज दूँ। वे इसे ले जाएंगे। अभी तक ऐसी कोई खबर भेजने की जरूरत मुझे नहीं पड़ी है।''

राधाः ''चाचा–चाची हरिद्वार से यहाँ मुझे बस में ला सकते थे। कुल एक घंटे का ही तो रास्ता है। पर उन्होंने टैक्सी करी। चाचा आगे ड्राइवर के साथ बैठे। पीछे की सीट पर चाची और मैं। मैं चाची से चिपट कर बैठी हुई थी। मैं डर रही थी कि काकी माँ कैसी होंगी।''

काकी माँः ''तू मुझ से डर रही थी?''

राधाः ''जी, काकी माँ। अपने पर्स से निकालकर, चाची ने मुझे एक पोस्ट कार्ड दिया। कार्ड पर उनका हरिद्वार का पता लिखा था। बोलीं, 'अगर किसी भी वजह से तू हरिद्वार लौटना चाहे, तो यह कार्ड भेज देना। इस पर कुछ लिखने की जरूरत नहीं। तुझे लेने चाचा फौरन आ जाएंगे।' चाचा पूरे रास्ते चुप रहे।''

अम्माः ''उनका दुःख उनकी चुप्पी में था।''

राधाः ''यहाँ आकर चाचा–चाची ने मुझे काकी माँ से मिलाया। काकी माँ ने खाने को कहा, तो चाचा बोले, 'माताजी, पिछली बार आपके साथ खाना खाया था। आज

नहीं खा पाऊँगा।' चाची को टैक्सी में जाकर बैठने को कहा। मुझे अपनी बाहों में जकड़ा और बोले, 'पुत्तर, अगर तूने कार्ड भेजा, तो मिलते ही मैं आ जावंगा।' उनकी आखें गीली हो चुकीं थीं। वे घूमे, तेजी से टैक्सी में जाकर बैठ गए, और अपना चेहरा हाथों में छिपा लिया। टैक्सी चली गई।''

अम्माः ''मैं उनका दुःख समझती हूँ। बेटी से बिदाई ले रहे थे।''

राधाः ''मैं खड़ी रही। सोच नहीं पा रही थी क्या करूँ। काकी माँ ने मेरे कन्धे पर हाथ रखा और कहा, 'खाना तैयार है, बिट्टो। चल, मैं तो कब से तेरी बाट जोह रही हूँ।' मैंने काकी माँ के साथ खाना खाया, और तब से साथ खा रही हूँ। अभी तक चाची का दिया कार्ड भेजने की जरूरत नहीं पड़ी।''

अम्माः ''तो तू खुश है यहाँ पे?''

राधाः ''जी, अम्मा। मेरा भाग्य तो बड़ा अच्छा रहा है। शुरु में गुरु माँ का प्यार मिला। फिर मीना और मचलू का। बाद मे चाचा–चाची और सुख्खी का। यहाँ आई, तो काकी माँ का। आपने जो–जो पूछा, उसका मैंने सच–सच जबाब दे दिया है। अगर कुछ गलत कहा हो, तो माफ कर दीजिएगा।''

अम्माः ''तूने कुछ गलत नहीं कहा।''

राधा के आँसू टपकने लगे। ''जिस लायक आपने मुझे समझा, मैं उस लायक नहीं हूँ। काकी माँ के भेजने पर सामान खरीदने आपकी दुकान जाती थी। अब मैं दुकान नहीं

जा पाऊँगी। यहाँ रहना मुश्किल हो जाएगा। मुझे आशीर्वाद दीजिए कि मुझे कहीं और काम मिल जाए। मुझे हरिद्वार लौट जाना चाहिए। मैं चाची वाला कार्ड भेज देती हूँ। चाचा आकर ले जाएंगे। यहाँ से जाने के बाद काकी माँ की याद आएगी। पर मेरा विश्वास कीजिए, अम्मा, मैंने कोई कसूर नहीं किया।''

''कसूर तो तूने घनेरा किया,'' काकी माँ तेजी से बोलीं।

''क्या किया मैंने, काकी माँ?'' राधा घबड़ा गईं।

काकी माँ: ''क्यों री, तूने शिब्बू को तो हलवा दिया, पर उसकी अम्मा को नहीं दिया।''

राधा: ''लाई, काकी माँ।''

अम्मा: ''भोग लगाया था?''

राधा: ''जी, अम्मा।''

काकी माँ: ''तो जा। तीन कटोरी में लेकर आ। शिब्बू की अम्मा के लिए, अपने लिए, और मेरे लिए।''

राधा दो कटोरी में हलवा लेकर लौटीं।

अम्मा: ''तुझे तीन कटोरी लाने को कहा था।''

राधा: ''आप और काकी माँ ले लीजिए। मैं बाद में ले लूंगी। अभी मन खराब हो रहा है।''

''भाड़ में जाए तेरा मन। तूने मुझे 'अम्मा' कहा है। अब तू और मैं एक कटोरी से खाएंगी।'' अम्मा ने राधा

को हलवा खिलाना शुरू किया और बीच–बीच में खुद भी खातीं रहीं। राधा के आँसू टपकते रहे, और अम्मा उनको पौंछतीं रहीं।

खाने के बाद, अम्मा बोलीं, ''तूने तो मेरी मुसीबत कर दी।''

राधाः ''क्यों, अम्मा?''

अम्माः ''मैं हर पूर्णमासी को हलवा बनाती हूँ। जितना बनाऊँ उतना कम है। मेरे दोनों शेर सारा सपोड़ लेते हैं। अब तेरा बना हलवा खा लिया, तो मेरा बना हलवा पसन्द नहीं करेंगे। अब मुझे कुछ तो करना होगा।''

राधाः ''मैं समझी नहीं, अम्मा।''

अम्माः ''तू मुझे बोलने देगी, या बीच में बोलेगी ? जो मन्शा लेकर मैं आई थी, वह बदली नहीं है। मैं कल हरिद्वार जाऊँगी, गंगा स्नान के लिए। फिर तेरी गुरु माँ से मिलूंगी। इससे पहले मैं कुछ करूँ, मुझे उनकी राजी चाहिए। मुझे गुरु माँ का पता लिखकर दे।''

राधा सिर झुकाए चुप बैठीं रहीं।

काकी माँ सख्ती से बोलीं, ''अरी, बैठी क्या है? जैसा कहा है, वैसा कर। पता लिखकर ला।''

राधा धीरे से उठीं और अन्दर के कमरे में चलीं गईं। थोड़ी देर में लौंटी और एक परचा अम्मा के सामने रख दिया। अम्मा ने परचा अपनी झोली में डाल दिया।

अम्मा बोलीं, ''काकी माँ ने मुझसे अभी– अभी कहा कि जो भी मैं करूँगी, उस में उनका सहारा मुझे मिलेगा। तूने कहा कि तू अब दुकान नहीं जा पाएगी। मेरा बस चला, तो एक दिन आएगा जब तू खुशी से दुकान जाएगी। हिम्मत से जाएगी। हक से जाएगी। मालकिन के हक से जाएगी।'' अम्मा ने राधा को अपनी बाहों में लिया और सिर थपथाया। ''अपना बिलबिलाना बन्द कर। आज गौरी पूजन करना।. . . अब मैं चलती हूँ।''

≈ 5 ≈

सुबह की हल्की धूप खिल रही थी। पीपल के पेड़ के नीचे चबूतरे पर पंचायत के पाँचों सदस्य बैठे थे। जो लोग पंचायत की बैठक देखने आए थे, वे थोड़ी दूर जमीन पर बैठे थे। उनमें भुवनेश्वरी और शिब्बू भी थे। सरपंच होने के नाते, काकी माँ पंचायत की पहली सदस्य थीं।

"आज यह पंचायत की बैठक क्यों बुलाई गई है?" पंचायत के दूसरे सदस्य चौधरी चन्दन सिंह ने धीमी आवाज में काकी माँ से पूछा। चौधरी सत्तर साल के थे। बेटों–बहूओंके साथ रहते थे। गाँव में उनका दबदबा था। सबसे ज्यादा जमीन उनकी थी। 'चौधरी मामा' के नाम से जाने जाते थे। चौधराइनजी का स्वर्गवास हो चुका था।

"एक मामला है," काकी माँ ने भी धीमी आवाज में कहा।

"मामला तो जरूर होगा। पर क्या?" तीसरी सदस्य बिल्लू ताई बोलीं। वे विधवा थीं। बेटों–बहूओं के साथ रहतीं थीं। उम्र में चौधरीजी से बड़ीं थीं, पर कितनी बड़ीं, यह नहीं मालूम था, न उनको, न किसी और को। उन का दिन का अधिकतर समय पूजा में बीतता था।

"मुझे हाल ही में पता चला। तुम सब को बताने का मौका नहीं मिला," काकी माँ ने कहा।

इतने में सब ने देखा कि चौधरीजी का पोता, भोला, एक महिला के साथ चला आ रहा था। महिला का चेहरा शान्त था। सफेद चोगा पहना हुआ था। सफेद चादर से सिर ढका हुआ था, जिसके नीचे से कुछ सफेद बाल दिखाई दे रहे थे। भोला के हाथों में एक कुर्सी थी। चौधरी जी ने काकी माँ की तरफ प्रश्न–सूचक निगाह से देखा। काकी माँ ने कहा, ''आज के लिए मेरे पास ठहरी हुईं हैं। घर से इनको लाने, मैंने ही भोला को भेजा था।''

पंचायत के चौथे सदस्य प्रकाश भारती थे। जवानी में कॉलेज पढ़ने, देहरादून गए थे। पढ़ाई समाप्त कर, वहाँ महावीर स्कूल में मास्टर बन गए। रिटायर होने के बाद गाँव लौट आए, और पत्नी के साथ अपने पुश्तैनी घर में रहने लगे। पैन्शन से घर का खर्चा मुश्किल से चलता था। 'मास्टरजी' के नाम से कहलाए जाते थे। चौधरी जी से पाँच साल छोटे थे। इकलौते बेटे उसी महावीर स्कूल में अब पढ़ा रहे थे। मास्टरजी जब देहरादून में थे, तब उन्होंने स्थानीय राजनीति में हिस्सा लिया। असफल रहे। तब से मौका मिलते ही राजनीति और नेताओं पर कटाक्ष कसते थे। कोई भी सरकार हो, उसकी आलोचना से चूकते नहीं थे।

मास्टरजी बताते थे कि अंग्रेजी में सरकार को ''गोबर–मैन्ट'' कहा जाता है। उनको याद नहीं था किस कवि ने लिखा था, पर यह पंक्ति अक्सर दोहराते थे, ''धक्का देने पर चल जाए, मोटर कार है। नहीं चले, सरकार है।'' जब कभी कोई चुनाव होता, तो कहते, ''जिसको मरजी वोट दो। फटा–पुराना कोट लो।'' किसी भी नेता को देखकर बोलते, ''अपने को कहते लीडर हैं। सच पूछो तो गीदड़ हैं।

खुद तो हो गए जिन्दाबाद। हमें कर दिया मुर्दाबाद।'' या फिर बोलते, ''खुद तो खाते दही–बताशे, हम को कहते चने चबा।''

सफेद चोगा पहने महिला को देखकर, मास्टरजी ने पूछा, ''क्या यहाँ किसी से इनका झगड़ा हो गया है?''

''नहीं, इनका किसी से झगड़ा नहीं हुआ है,'' काकी माँ ने जबाब दिया।

''तो फिर क्या बात है?'' यह सवाल पांचवे सदस्य पंडित अम्बा प्रसाद का था। पचास–वर्षीय पंडित जी गाँव में मंदिर के पुजारी थे। पत्नी और बेटी के साथ मंदिर के अहाते में दो कमरों में रहते थे। दुनिया के बारे में जानकारी के लिए जैसे मास्टरजी गाँव में मशहूर थे, वैसे ही शास्त्रों के ज्ञान के लिए पंडितजी मशहूर थे। गाँव में दोनों सबसे ज्यादा पढ़े–लिखे थे।

''सब्र करो। मैं सब बता दूंगी,'' काकी माँ बोलीं।

पंचायत के सदस्यों के पास महिला और भोला पहुँच चुके थे। काकी माँ ने भोला को कुर्सी पास ही रखने को इशारा किया। भोला ने कुर्सी रख दी। अपने पास रखी एक गद्दी काकी माँ ने भोला को पकड़ाई, जो उसने कुर्सी पर रख दी।

''बैठिए, स्वामीजी, बैठिए,'' काकी माँ बोलीं। महिला कुर्सी पर बैठ गई। दबी आवाज में काकी माँ ने बारी–बारी से पंचायत के सदस्यों का परिचय महिला से कराया। सदस्यों ने महिला को प्रणाम किया, और महिला ने सदस्यों को।

काकी माँ ने ऊँची आवाज में बोलना शुरु किया, जिससे सभी हाजिर लोग सुन लें। "आज पंचायत के सामने कोई झगड़े की बात नहीं है। पंचायत को समझ कर और सोच कर एक जबाब देना है। देखो सामने कुर्सी पर स्वामीजी बैठीं हैं। सन्यासिन हैं। हरिद्वार से आईं हैं। गुरु माँ के नाम से जानी जातीं हैं। इनसे थोड़ी दूर बिरजू की अम्मा बैठीं हैं, जिनको तुम सब जानते हो। बिरजू की अम्मा को स्कूल की मास्टराइन, राधा, पसन्द आ गई है। उनकी मन्शा है कि वे अपने बेटे बिरजू का ब्याह राधा से कराएँ। मुझसे मिलने आईं थीं। यह मालूम चलने पर कि राधा ने छुटपन में अपने माँ–बाप खो दिए थे, और इन स्वामीजी ने राधा को पाला है, वह अगले दिन स्वामीजी से मिलने हरिद्वार गईं। स्वामीजी को रिश्ता मंजूर है। जब दोनों माँ राजी हैं, तो रिश्ता हो जाना चाहिए।"

मास्टर प्रकाश भारतीः "हाँ, हो तो जाना चाहिए। क्या अड़चन है?"

काकी माँः "राधा को नहीं मालूम उसकी जात क्या है। तुम सब जानते हो कि अगर लड़का–लड़की एक जात के न हों, और पंचायत से इजाजत लिए बिना ब्याह कर लें, तो उनके साथ रोटी–पानी, लेना–देना, उठना–बैठना, बोलना–चालना बन्द कर दिया जाता है, ताकि वो गाँव छोड़कर चले जाएँ। बिरजू की अम्मा ने यह इजाजत लेने के लिए यह पंचायत की बैठक बुलवाई है। अब तक जो मैंने कहा, उस पर किसी को कोई सवाल है क्या?"

चौधरी चंदन सिंहः "तुमने यह हम सबको पहले क्यों नहीं बताया?"

काकी माँः ''क्योंकि मैं नहीं चाहती थी कि राधा के बारे में कोई गलत खबर गाँव में फैले। सच से जल्दी झूठ फैलता हैं। जब से राधा मेरे साथ रह रही है, उसने मुझे शिकायत का कोई मौका नहीं दिया। मैंने उसको यहाँ नहीं बुलाया ताकि जिस को जो कहना हो, बेखटके कहे। अगर पंचायत चाहे तो राधा को बुला सकती है।''

बिल्लू ताईः ''राधा कहाँ है?''

काकी माँः ''राधा इस समय मेरे घर है। आज शाम स्वामीजी राधा को वापस हरिद्वार ले जाएंगी। अगर पंचायत ने इस ब्याह की इजाजत नहीं दी, तो राधा गाँव नहीं लौटेगी। हमें स्कूल के लिए नई मास्टराइन ढूंढ़नी होगी। पर अगर पंचायत इस ब्याह की इजाजत दे देती है, तो पंडितजी शुभ लग्न निकालेंगे, और उस दिन राधा गाँव में बहू बनकर आएगी। बिरजू की अम्मा ने मुझे कहा है कि अगर राधा उनकी बहू बन जाती है, तो वे रोज सुबह राधा को घर के काम से छुट्टी देंगी, जिससे राधा कुछ घंटे स्कूल में पढ़ा सके। क्यों, बिरजू की अम्मा, मैंने ठीक कहा?''

अम्माः ''जी, काकी माँ।''

काकी माँः ''तुम जिसको अपनी बहू बनाना चाहती हो, उस की जात तुम्हें नहीं मालूम। इसमें तुम्हें धरम–करम का कोई दोष नहीं दीखता क्या?''

अम्माः ''नहीं, काकी माँ।''

काकी माँः ''क्यों नहीं?''

अम्माः "काकी माँ, धरम–करम यह भी कहता है जिन रामजी ने यहाँ हम सबको बनाया, उन्हीं रामजी ने राधा को बनाया।"

काकी माँः "क्या बिरजू से पूछा तुमने?"

अम्माः "जी, काकी माँ।"

काकी माँः "क्या कहा उसने?"

अम्माः "वह बोला, 'जैसा आप ठीक समझो अम्मा।' तब मैं और क्या कहती?"

काकी माँः "वह यहाँ क्यों नहीं आया?"

अम्माः "मैंने उसे यहाँ आने को बहुतेरा कहा, पर वह बोला, 'आपने यह बात शुरु करी है, आप ही पूरा करो। आपके वहाँ होते मेरी क्या जरूरत है। मैं नहीं जानना चाहता किसने क्या कहा।' यह कहकर वह दुकान चला गया। आप कहो तो मैं शिब्बू को भेजकर उसे बुलवाए लेती हूँ। मेरे बेटों ने आज तक मेरी बात नहीं काटी है। बुलाऊँगी तो आएगा। रोता–झींकता आएगा, पर आएगा जरूर।"

शिब्बूः "हाँ, अम्मा, मैं भैया को उठाकर ले आता हूँ, जैसे हनुमान्‌जी पहाड़ को उठाकर लाए थे।"

अम्माः "चुप बैठा रह, तू।"

काकी माँः "अगर पंचायत चाहेगी तो बिरजू को बुला लेगी। अच्छा स्वामीजी, अब मैं आपसे पूछती हूँ। जो मैंने कहा, क्या ठीक कहा?"

गुरु माँः "बिलकुल ठीक।"

काकी माँः "क्या यह रिश्ता आपको मंजूर है?"

गुरु माँः "खुशी से।"

काकी माँः "अब आप अपनी तरफ से बताइए यह रिश्ता कैसे हुआ।"

गुरु माँः "जब भुवनेश्वरीजी मुझसे मिलने हरिद्वार आईं थीं, तो अपने दोनों बेटों बृजमोहन और शिवराम को साथ लाईं थीं। रिश्ते का प्रस्ताव सुनकर मैंने बृजमोहनजी——जिन्हें आप सब बिरजू कहते हैं——"

अम्माः "आप भी बिरजू कहिए, स्वामीजी।"

गुरु माँः "हाँ, तो मैंने बिरजू से पूछा कि क्या वह राधा से विवाह करने को तैयार हैं? वह मुस्कराए। तब शिब्बू बोले, 'भैया हाँ कह रहे हैं।' मैंने भुवनेश्वरीजी को बताया कि मेरे परिचित हैं जिन्हें राधा 'बिन्दू चाचा–चाची' कहती है। मुझे उनपर पूरा विश्वास है। मैं उनकी राय लेना चाहूँगी। वे शाम को अमृतसर से लौटेंगे। अगर आप, भुवनेश्वरीजी, राजी हों तो एक–दो दिन में वे आपके घर और दुकान देखने आएंगे। उनको पूरा अधिकार होगा 'हाँ' या 'न' कहने का।"

बिल्लू ताईः "क्या वे आए?"

गुरु माँः "जी, हाँ। राधा के बिन्दू चाचा–चाची अगले दिन यहाँ आए , और उन्होंने सब देखा। भुवनेश्वरीजी के बड़े आग्रह पर उन्होंने भुवनेश्वरीजी के घर खाना खाया। भुवनेश्वरीजी ने बताया कि रिश्ते के लिए पंचायत बुलानी

होगी। काकी माँ, जैसा आप जानतीं हैं, वे फिर भुवनेश्वरीजी के साथ आपके घर आए।''

बिल्लू ताईः ''तब राधा वहाँ थी क्या?''

काकी माँः ''हाँ, तब राधा मेरे घर थी।''

गुरु माँः ''बिन्दू मुझे बतातीं हैं कि उन्होंने राधा को अलग ले जाकर पूछा कि उसकी क्या इच्छा है। राधा उनके पैरों पर गिर कर रोने लगी। बोली, 'चाची, यह सब इतनी जल्दी हो रहा है कि मैं कुछ समझ नहीं पा रही हूँ। आप गुरु माँ से बात कर के आई होंगी। जैसी आप की आज्ञा होगी, वैसी ही मेरी इच्छा होगी।' काकी माँ, आपने कहा दो दिन में स्कूल की छुट्टी है। तब राधा घर में रहेगी। उसी दिन पंचायत की बैठक होगी। अगर पंचायत ने राधा को बुलाया तो वह आ सकेगी।''

चौधरी चंदन सिंहः ''स्वामीजी, क्या आप हमारे सवालों का जबाब देंगी?''

गुरु माँः ''जी, हाँ। अगर पंचायत कुछ पूछना चाहे तो मुझसे पूछ सकती है। बिन्दू को साथ लाई हूँ। काकी माँ, जैसा आप जानतीं हैं, बिन्दू आपके घर में राधा के साथ हैं। इस समय राधा का अकेला रहना ठीक नहीं होगा। रिष्ते के बारे में मैंने आप सब को बता दिया है। अब मैं आपके सवालों के लिए तैयार हूँ।''

चौधरी चंदन सिंहः ''स्वामीजी, तो क्या यह सब पिछले कुछ दिनों में ही हुआ है? किसी को भनक तक नहीं पड़ी।''

गुरु माँः ''हिसाब लगा लीजिए। आज आपकी बैठक है। परसों राधा के बिन्दू चाचा–चाची यहाँ आए थे। उस से एक दिन पहले, भुवनेश्वरीजी मुझसे मिलने हरिद्वार आईं थीं। और उसके एक दिन पहले, भुवनेश्वरीजी काकी माँ के पास गईं थीं। तो यह सब पाँच दिनों में हो गया। अच्छा ही हुआ। कहावत के अनुसार दीवार के भी कान होते हैं। अगर कोई बुरी अफवाह फैल जाती, तो राधा का यहाँ रहना मुश्किल हो जाता।''

मास्टर प्रकाश भारती : ''काकी माँ ने अभी–अभी कहा है कि राधा को नहीं मालूम उसकी जाति क्या है। स्वामीजी, आप ही राधा की माँ, और आप ही राधा का पिता रहीं हैं। मैं मानने को तैयार हूँ कि राधा बेटी की वही जाति है, जो आपकी है।''

बिल्लू ताईः ''यह कैसे हो सकता है? मैंने तो ऐसी बात कभी नहीं सुनी। जात तो जन्म से होती है।''

चौधरी चंदन सिंहः ''स्वामीजी, आप अपने बारे में बताइए।''

गुरु माँः ''क्या आप मेरे जीवन के बारे में पूछ रहे हैं?''

चौधरी चंदन सिंहः ''जी, हाँ। मैं आपके जीवन के बारे में जानना चाहता हूँ। विवाह न करके, आप सन्यासिन क्यों बनीं? आपके जीवन को जानकर मैं राधा के बारे में अन्दाजा लगा सकता हूँ। राधा को संस्कार आप से मिले हैं। क्या राधा विवाह करना चाहेगी, या आपकी तरह सन्यासिन बनना चाहेगी?''

गुरु माँः ''जब मैंने सन्यास की दीक्षा ली थी, तो मेरे गुरुजी ने कहा था कि अपना पुराना जीवन भूल जाओ। आप मुझे उसे याद करने को कह रहे हैं। यह तो सन्यास के नियमों का उल्लंघन है।''

पंडित अम्बा प्रसादः ''देश, काल, और परिस्थिति का विचार कर सन्यास के नियमों का उल्लंघन परम्परा में है। आदि शंकर ने सन्यासी होने के बावजूद भी अपनी माँ की अन्तिम क्रिया करी थी। उस समय उन्होंने वही अपना कर्त्तव्य माना। और जब देवी उभय भारती के प्रश्न का उत्तर शंकर नहीं दे पाए, तो कुछ समय वे गृहस्थ भी रहे।''

मास्टर प्रकाश भारतीः ''क्या जाति है, स्वामीजी, आपकी?''

गुरु माँः ''सन्यासी की कोई जाति नहीं होती, मास्टरजी।''

बिल्लू ताईः ''किस जात में जन्मीं थीं, आप?''

गुरु माँः ''मुझे नहीं मालूम।''

बिल्लू ताईः ''क्यों?''

गुरु माँः ''अपनी जाति जानने से पहले मैंने अपने माता–पिता का घर छोड़ दिया था।''

बिल्लू ताईः ''क्यों?''

गुरु माँ कुछ क्षण चुप बैठी रहीं। फिर बोलीं, ''अच्छा, मैं अपने बारे में बताती हूँ। अगर राधा के लिए यह करना है, तो मैं करुँगी। राधा के अलावा मेरे पास दो लड़कियाँ और हैं।

जो मैं आपको बताने जा रही हूँ, वह मैंने इन तीन लड़कियों को भी नहीं बताया है। गुरु आज्ञा पर मैंने उस स्मृति को दफना दिया था। आज मैं उसे उखाड़ रही हूँ। प्रार्थना करती हूँ कि मेरे शिवलीन गुरुजी मेरी मजबूरी समझेंगे, और मुझे क्षमा करेंगे।''

चौधरी चंदन सिंहः ''विस्तार से बताईएगा जिसे हम सब अच्छी तरह समझ सकें। हम कोई गलत अर्थ न निकाल लें।''

पंडित अम्बा प्रसाद : ''कहा जाता है कि साधु–संतों का भी भूतकाल होता है, जब वे साधु–संत नहीं थे।''

गुरु माँः ''मेरा बचपन इस गाँव जैसे पास के एक अन्य गाँव में बीता था। पिताजी पियक्कड़ थे। रात और दिन नशे में रहते। माँ मुश्किल से घर चलातीं। गाँव में किसी के घर बरतन माँजती, किसी के घर झाड़ू–पौंछा लगातीं, किसी के घर सब्जी काटतीं। घर लौटतीं तब भूखीं और थकीं होतीं। जो कमातीं उसमें से कुछ पिताजी छीन लेते, अपने पीने के लिए।''

बिल्लू ताईः ''ऐसे थे, आपके पिता?''

गुरु माँः ''घर में दो बच्चे थे। मेरा छोटा भाई और मैं। माँ गुस्से में रहतीं। उनका गुस्सा मुझ पर उतरता। कोसतीं, 'तू पैदा होते ही मर क्यों नहीं गई?' रोज ही उनका हाथ मुझ पर उठता। खाने को कम था। जिन घरों में माँ सब्जी काटतीं, वहाँ से छिलके लातीं, जिन्हें उबालकर हम सूखी रोटी के साथ खाते।''

मास्टर प्रकाश भारती : ''नेता खाएं खूब मिठाई। लड्डू पेड़ा बालूशाई। रबड़ी मेवा, दूध मलाई। जनता की कर दी धुनाई। इक दूजे को मारें ताना। देते हमको सूखा खाना। थोड़ा चारा, थोड़ा दाना। बुने हमारा ताना बाना।''

चौधरी चंदन सिंहः ''सब्र रखो, प्रकाश। चुनाव होने वाला है। सरकार जरूर बदल जाएगी।''

मास्टर प्रकाश भारती : ''कोई फर्क नहीं पड़ेगा। देहरादून के एक 'कुल्हड़' कवि ने सरकार बदलने के बारे में लिखा है––'जब मूंगफली इतनी बढ़िया, बादाम न जाने क्या होगा। इस राम राज्य की लीला का परिणाम न जाने क्या होगा।' कुल्हड़जी ने ठीक लिखा है।''

काकी माँः ''स्वामीजी को अपनी बात कहने दो।''

गुरु माँः ''एक दोपहर पिताजी नशे में सो रहे थे, और पतीली में लौकी और तोरी के छिलके उबल रहे थे। माँ ने मझे चूल्हे से पतीली उतारने को कहा। पतीली गरम थी। उतारते वक्त पतीली मेरी उंगलियों से छूटकर गिर गई। कुछ छिलके चूल्हे में गिर गए, और कुछ फर्श पर। माँ चिल्लाईं, 'अब खाने को क्या दूंगी, चुड़ैल?' पास रखा एक लोटा मेरे सिर पर मारा।''

बिल्लू ताईः ''हाय राम!''

गुरु माँः ''चूल्हे से माँ ने एक जलती लकड़ी उठाई। मुझे धक्का दिया। मैं पेट के बल गिरी। माँ मुझ पर बैठ गईं और लकड़ी मेरे कमर पर लगा दी। 'तेरी चिता तो मैं अभी

जलाती हूँ, डायन,' माँ चिल्लाईं। मैं चीखी। कोने में बैठा मेरा भाई रोने लगा। माँ उठकर उसके पास गईं।''

मास्टर प्रकाश भारतीः ''तब क्या किया आपने?''

गुरु माँः ''मेरे सिर से खून टपक रहा था, और मेरी कमर में जलन हो रही थी। मैं घर से बाहर भागी। पीछे माँ चिल्लाईं, 'हाँ, भाग जा, भाग जा। वापस मत आना। कुतिया की तरह कहीं मर जाना।' भागते हुए मुझे डर लग रहा था कि माँ मुझे पकड़ न लें।''

बिल्लू ताईः ''अपनी ही माँ से इतना डर!''

गुरु माँः ''भागते––भागते मैं गाँव के बाहर पहुँच गई। एक बस खड़ी थी, जिसका इंजन शुरू हो चुका था। लगा चलने ही वाली थी। मुझे नहीं मालूम था बस कहाँ जा रही थी। मैं बस में चढ़ गई और चीख कर बस के फर्श पर गिर गई। सामने की सीट पर से एक व्यक्ति उठे, और मेरे पास आए। मेरी पीठ देखी और बोले, 'मैं डॉक्टर हूँ बेटी। मैं तुम्हें सुई लगाऊँगा। डरना नहीं।' वे वापस अपनी सीट पर गए। एक बैग से सुई निकाली और मुझे लगा दी। मुझे नींद आ गई।''

पंडित अम्बा प्रसादः ''ठीक है, 'जाको राखे साँईयाँ, मार सके न कोय'। प्रभु ने आपकी रक्षा के लिए डॉक्टर भी भेज दिए।''

गुरु माँः ''जब मैं जगी तो पेट के बल एक बिस्तर पर लेटी थी। कमर और सिर पर पट्टी बन्धीं थीं। एक महिला

बिस्तर के बगल खड़ीं थीं। बोलीं, 'कैसा लग रहा है? मैं नर्स हूँ। तुम हरिद्वार के गोमती अस्पताल में हो। मैं तो कब से तुम्हारे जागने का इन्तजार कर रही हूँ। . . . मैं अभी आई।' थोड़ी देर में वे लौटीं तो उनके साथ वे डॉक्टर थे जिन्होंने मुझे सुई लगाई थी। डॉक्टर बोले, 'तुम एक दिन पहले जागीं थीं पर बहुत कराह रहीं थीं। मैंने सुई एक बार फिर लगाई। अब तुम्हें और सुई लगाने की जरूरत नहीं है। नर्स दीदी तुम्हारा ध्यान रखेंगी। हिम्मत रखना। तुम ठीक हो जाओगी।' फिर वे चुप खड़े रहे।''

मास्टर प्रकाश भारतीः ''क्यों?''

गुरु माँः ''थोड़ी देर बाद, उन्होंने फिर बोलना शुरू किया। 'जहाँ तुम बस में चढ़ीं थीं, मैंने सोचा तुम उसी गाँव की होगी। मैंने तुम्हारे बारे में खबर पुलिस को दे दी थी। कल पुलिस के आदमी तुम्हारे गाँव गए थे। कुछ गाँव वालों ने तुम्हें भागते देखा था। उन्होंने बताया कि तुम्हारे जाने के फौरन बाद तुम्हारे माता–पिता एक लड़के के साथ गाँव से चले गए। किसी को नहीं मालूम कहाँ गए। लोगों ने सोचा तुम्हारे पास गए होंगे। पुलिस वाले तुम्हारे माता–पिता ढूंढने की कोशिश जारी रखेंगे। हो सकता है वे गाँव छोड़कर चले गए हों।' मैं रो पड़ी । 'उन्हें मत ढूंढिए,' मैंने कहा।''

बिल्लू ताईः ''ऐसे माता–पिता को क्या ढूंढना!''

गुरु माँः ''थोड़ी देर फिर चुप रहने के बाद, डॉक्टर बोले, 'मुझे जाना है। मैं थोड़ी देर में आऊँगा।' जब वे लौटे तो उनके साथ एक महिला थीं। महिला की तरफ इशारा करते हुए, डॉक्टर ने कहा, 'इनको अम्मू शब्द बहुत पसन्द है। इन्हें

अम्मू कहना।' अम्मू हँस कर बोलीं, 'अगर मुझे अम्मू कहोगी, तो इन सुई चुभाने वालों को अप्पू कहना। इनको सुई चुभाने का बहुत शौक है।' अप्पू चले गए।"

चौधरी चंदन सिंहः "अप्पू और अम्मू मियाँ–बीबी रहे होंगे।"

गुरु माँ: "अम्मू ने कहा, 'तुम्हारे कपड़े मैले हो गए हैं। लाओ बदले देती हूँ। अप्पू के बताए अनुसार मैंने तुम्हारे नाप का अन्दाजा किया। उस नाप के कपड़े दुकान से लाई हूँ।' अम्मू ने नर्स दीदी की मदद से मेरे कपड़े धीरे–धीरे उतारे, और हल्के हाथों से मुझे पौंछा। मेरा सिर आहिस्ते से बिस्तर के किनारे के बाहर किया। दीदी ने एक तसला फर्श पर रखा। 'तुम्हारी पट्टी गीली नही होनी चाहिए,' अम्मू बोलीं। सम्भले हाथों से अम्मू और दीदी ने मेरे बाल पौंछे और काढ़े। अम्मू ने एक झोले से कपड़े निकाले और मुझे पहनाए। मेरे नाखून काटे। बालों में रिबन लगा दिया और बोलीं, 'अब तुम खूबसूरत लग रही हो।' जिन्दगी में पहली बार मैंने नए कपड़े पहने थे। मैं फिर रो पड़ी।"

बिल्लू ताईः "खूबसूरत तो आप जरूर हैं।"

गुरु माँ: "अम्मू ने झोले से दो पैकेट निकाले। 'अब कुछ खालो,' वे बोलीं। एक पैकेट से रोटी और दूसरे पैकेट से भिंडी की सब्जी बड़े प्यार से खिलाई। खिलाते हुए बोलीं, 'मैं नहीं पूछूंगी कि तुमने अप्पू से क्यों कहा तुम नहीं चाहतीं तुम्हारे माता–पिता ढूंढे जाएं। पर अगर कभी बताना चाहो, तो बता देना।' रोटी खिलाने के बाद उन्होंने एक पुड़िया खोली और कहा, 'लो पेड़ा खालो।' मुझे बहुत अच्छा लगा।

मैंने पहले कभी पेड़ा नहीं खाया था। अम्मू ने मुझे पानी पिलाया, हल्के से मेरा सिर सहलाया, और मेरे पैरों की तरफ देखकर बोलीं, 'अप्पू ने बताया कि उन्होंने बस में तुम्हारी दाहिनी एड़ी पर एक बड़ा सा तिल देखा था। मैं तुम्हारे तिल को कई बार देख चुकी हूँ। बहुत ही प्यारा है।' उनकी आँखें भर आईं और गला रुंध गया।''

बिल्लू ताईः ''तिल भी क्या प्यारा होता है?''

गुरु माँः ''अम्मू ने झोले से एक गुड़िया निकाली और बोलीं, 'इस गुड़िया को जुकाम हो गया है। अप्पू इसे ठीक नहीं कर पा रहे हैं। गुड़िया कह रही है कि अगर तुम इससे बातें करोगी और अपने पास सुलाओगी, तो यह जल्दी ठीक हो जाएगी। साथ–साथ तुम भी ठीक हो जाओगी। . . . अब मैं चलती हूँ। दिन के लिए कुछ नाश्ता रख जा रही हूँ। जब भूख लगे, तो नर्स दीदी से कह देना। मैं शाम को खाना भेज दूंगी। उस समय कोई और नर्स दीदी होंगी। वे खाना खिला देंगी।' यह कह कर अम्मू चलीं गईं।''

चौधरी चंदन सिंहः ''खाना भेजा, उन्होंने?''

गुरु माँः ''जी, हाँ। यह क्रम कई दिनों तक चलता रहा। रोज सुबह अप्पू आते। मेरी कमर की पट्टी देखते और कहते, 'तुमने गुड़िया का जुकाम ठीक नहीं किया है। कल तक ठीक नहीं हुआ तो तुमको और गुड़िया को सुई लगा दूंगा। कोई लम्बी, मोटी सुई लाऊँगा।' पर कभी सुई लाए नहीं। उनके चले जाने के कुछ देर बाद अम्मू आतीं। एक दिन पहले के कपड़े वे धो लाईं होतीं। मुझे साफ करतीं, मेरे कपड़े

बदलतीं, बाल संवारतीं, खाना खिलातीं, कहानी सुनातीं, मेरी एड़ी का तिल सहलातीं, दिन का नाश्ता रख कर चलीं जातीं, और रात को खाना भेज देतीं। मैं घन्टों गुड़िया से बातें करती और उससे चिपट कर सोती। सुबह होते ही अम्मू का इन्तजार करती। मुझे पता भी नहीं चला कब में उन्होने मेरा नाम 'डिब्बी' रख दिया।''

मास्टर प्रकाश भारतीः ''डिब्बी? बहुत अजीब नाम लगता है, मुझे।''

गुरु माँः ''एक दिन अम्मू आकर बोलीं, 'डिब्बी बिटिया, अप्पू कहते हैं कि तेरी गुड़िया का जुकाम ठीक हो गया है। अब तुझे और तेरी गुड़िया को अस्पताल छोड़ना होगा। तेरे माता–पिता का कुछ पता नहीं चला है।' मैं उनसे लिपट गई और अपने माता–पिता के बारे में सब कुछ बता दिया। वे काफी देर तक मेरा सिर सहलातीं रहीं। फिर बोलीं, 'तू अप्पू और मेरे घर चल। अब से वह तेरा घर भी हो जाएगा।' और वे मुझे घर ले गईं।''

बिल्लू ताईः ''आपको डर नहीं लगा?''

गुरु माँः ''अप्पू और अम्मू ने मुझे डर लगने का मौका ही नहीं दिया। जिस कमरे में अम्मू और अप्पू का बिस्तर था, उस कमरे के बगल में अम्मू ने मेरे लिए बिस्तर बिछाया। पर रात को अम्मू मेरे पास आकर लेट गईं। अपने से चिपटा लिया। मुझे नींद आ गई। सुबह जब आँख खुली तो देखा अम्मू मेरी एड़ी का तिल सहला रहीं थीं। उनके आँसू टपक रहे थे।''

चौधरी चंदन सिंहः ''आप ने तिल की बात तीसरी बार कही है। क्या खास बात थी उस तिल में?''

गुरु माँः ''मेरी बार–बार जिद करने पर अम्मू ने बहुत दिनों बाद बताया। अप्पू और अम्मू दिल्ली में रहते थे, जहाँ अप्पू एक अस्पताल में काम करते थे। उनके एक बेटा था। जिस डिब्बे में वह अपने स्कूल का खाना ले जाता था, उसमें बहुत सारे चित्र थे। उसको चित्र बहुत पसन्द थे। घर में वह डिब्बा लिए घूमता था। रात को डिब्बा अपने तकिये के पास रखकर सोता था। अप्पू उसको 'डिब्बा' कहकर बुलाने लगे। धीरे–धीरे उसका नाम 'डिब्बू' हो गया। एक दिन स्कूल जाते हुए डिब्बू सड़क पार कर रहा था कि एक बस के नीचे आ गया। अप्पू–अम्मू का दिल्ली में रहना मुश्किल हो गया। सब समय डिब्बू की याद सताती।''

मास्टर प्रकाश भारतीः ''ऐसी याद तो जिन्दगी भर सता सकती है।''

गुरु माँः ''अप्पू दिल्ली से बाहर काम ढूंढने लगे। हरिद्वार के गोमती अस्पताल में उनको काम मिल गया। अप्पू और अम्मू हरिद्वार आ गए। अस्पताल की तरफ से हफ्ते में एक दिन मरीज देखने अप्पू कनकवाला गाँव जाते थे। वे कनकवाला से बस में लौट रहे थे, जब घर से भागकर मैं उस बस में चढ़ी थी। मुझे सुई लगाते समय उन की नजर मेरी एड़ी के तिल पर पड़ी। तिल का आकार और स्थान वही था जो डिब्बू के हुआ करता था। उनका हाथ काँपा, पर उन्होंने अपने को सम्भाला और मुझे सुई लगा दी।''

पंडित अम्बा प्रसादः ''तभी तो कहते हैं, 'होइ सो होय जो राम रचि राखा'। प्रभु ने आपके अप्पू को शक्ति दी।''

गुरु माँः ''ड्राइवर ने बस रोक दी थी। कन्डक्टर ने मुझे बस से उतारना चाहा। अप्पू बोले, 'बाहर कोई नहीं है जो इसकी देखभाल कर सके। यह मेरी मरीज है। मैं इसे अस्पताल ले जा रहा हूँ।' फिर ड्राइवर से बोले, 'जल्दी चलिए।' अप्पू बस के फर्श पर बैठ गए, और मेरा सिर अपनी गोद में रख लिया। सिर पर पट्टी बांधी। मेरे लिए बस का टिकट खरीदा। हरिद्वार पहुँच कर, वे मुझे गोमती अस्पताल ले गए।''

पंडित अम्बा प्रसादः ''आप के अप्पू ने देव तुल्य कार्य किया।''

गुरु माँः ''घर लौटने पर अप्पू ने अम्मू को सब बताया। अम्मू मुझे देखने अस्पलाल आईं, और मुझे अपना लिया। मुझे यह सब सुनाते समय अम्मू रोने लगीं थीं। मुझे चिपटा लिया और बोलीं, 'अब मैं बहुत खुश हूँ, बेटी, बहुत खुश हूँ। मुझे छोड़कर कहीं मत जाना। तेरे आने से मेरे पास कोई कमी नहीं रही। एक बस मेरा डिब्बू ले गई। दूसरी बस मेरी डिब्बी ले आई। अब तू आ गई है, तो मैं तुझे वायदा करती हूँ कि आज के बाद डिब्बू की याद में कभी नहीं रोऊँगी।' उन्होंने अपना वायदा जीवन भर निभाया।''

मास्टर प्रकाश भारतीः ''बड़ी बहादुर थीं, आपकी अम्मू।''

गुरु माँः ''घर लाने के बाद, अम्मू ने मेरी जान पहचान पड़ौस की लड़कियों से कराई। लड़कियों के साथ मैंने

खेलना सीखा। गिट्टे, खोखो, रस्सी–कुदाई। जिस दिन अप्पू को छुट्टी मिलती, वे मेरे साथ फुटबॉल खेलते। अम्मू को खाना बनाने का शौक था। वे जगह–जगह का खाना बनाना जानतीं थीं। साम्भर, ढोकला, दही–बड़ा, इडली, हलवा, आलू दम, पानी पूरी, चीला, खाखरा, दाल–बाटी, गजरेला, बर्फी, रसगुल्ला, गुलाब जामुन, गुंजिया, समोसा, मठरी, कई तरह की खीर, और उन्होंने मुझे सिखाया भी। मुझे पढ़ना–लिखना नहीं आता था। मुझे पढ़ाने एक महिला रोज आने लगीं। कुछ महीनों में मैं स्कूल जाने लायक हो गई। अम्मू और अप्पू ने मुझे लोकमान्य स्कूल में भरती करा दिया। वहीं से मैने अपनी पढ़ाई पूरी करी।''

चौधरी चंदन सिंहः ''जब आप बड़ीं हो गईं तो आपके अप्पू–अम्मू ने क्या आपके विवाह के बारे में नहीं सोचा? जैसा मैंने पहले कहा था, मैं जानना चाहता हूँ आप सन्यासिन क्यों बनीं।''

गुरु माँः ''उसकी अलग कहानी है। क्या वास्तव में आप लोग वह भी जानना चाहेंगे?''

पंडित अम्बा प्रसादः ''जब बात शुरु हो ही गई है, तो बताईए।''

गुरु माँः ''हरिद्वार में सप्तऋषि आश्रम के निकट शिव मंदिर में एक सन्यासी, स्वामी भावानन्द जी, रहते थे। वे शिव भक्त थे, और मंदिर के एक कमरे में रहते थे। सन्यास लेने से पहले वे होम्योपैथी के डॉक्टर थे। अब भी वे रोज सुबह मरीज देखते थे। हरिद्वार के एक व्यापारी जानकी दासजी हर महीने स्वामीजी के पास होम्यापैथी की दवाईयाँ पहुँचा

देते। स्वामीजी दवाइयाँ मरीजों को बाँट देते, जिसकी जैसी जरूरत हो।''

पंडित अम्बा प्रसादः ''तो क्या यह उनकी समाज सेवा थी?''

गुरु माँः जी, हाँ। मरीज श्रद्धा से जो भी दे जाते वह मंदिर के दान पात्र में चला जाता। मंदिर से स्वामीजी को भोजन और हल्का हाथ खर्च मिलता। दोपहर वे पूजन में बिताते। शाम को वे मंदिर के बाहर टहलते। पड़ौस के बच्चे उन्हें घेर लेते। स्वामीजी ताली बजा–बजाकर, मस्ती में नाचकर, बच्चों के साथ भजन गाते। उनको पौराणिक कथाएँ सुनाते। बच्चों को सिखाते, 'पढ़ोगे खेलोगे बनोगे नबाब, लड़ोगे झगड़ोगे बनोगे खराब'। मंदिर के चढ़ावे में जो प्रसाद आया होता उसको वे और पुजारीजी बच्चों में बाँट देते। कई बच्चे तो इतने गरीब घरों से थे कि प्रसाद खा लेना उनके लिए बड़ी बात थी।''

मास्टर प्रकाश भारतीः ''नेता सभी मौज में रहते। तरस गए हम सहते सहते।''

चौधरी चंदन सिंहः ''लगता है आपके सन्यासिन बनने में स्वामी भावानन्दजी की भूमिका थी। उन से आपका सम्पर्क कैसे हुआ?''

गुरु माँः ''अप्पू और अम्मू हर इतवार की सुबह कुछ घन्टों के लिए स्वामी भावानन्दजी के पास जाते थे। अम्मू पूजा की थाली ले जातीं और मंदिर में आरती–अर्चना करतीं। अगर किसी मरीज पर स्वामीजी की दवाई काम नहीं कर

रही होती, तो स्वामीजी मरीज के बारे में अप्पू से परामर्श करते। अप्पू अपनी दवाई को मरीज पर अजमाते। तो किसी मरीज पर स्वामीजी की दवाई, और किसी पर अप्पू की दवाई काम करती। पास बैठी, मैं दोनों की बातें सुनती। धीरे–धीरे मुझे दवाईयों के नाम याद हो गए।''

मास्टर प्रकाश भारतीः ''तो आप चौथाई डॉक्टर बन गईं।''

गुरु माँः ''स्वामीजी ने मुझे होम्योपैथी दवाईयों की पुड़िया बनाना सिखा दिया। जब कोई मरीज आकर अपने लक्षण बताते, तो स्वामीजी मुझसे हँसी करते, 'क्यों, डॉक्टर डिब्बी, इनको क्या दें?' मैं किसी भी दवाई का नाम ले लेती, जैसे 'नक्स वॉमिका'। स्वामीजी मुस्कराते और ऐसा कुछ बोलते, 'आज हम इन्हें साईलेशिया देंगे। तीन पुड़िया बना दो।' इस तरह मैं होम्योपैथी के बारे में कुछ–कुछ सीखने लगी।''

मास्टर प्रकाश भारतीः ''फिर आप आधी डॉक्टर बन गईं।''

बिल्लू ताईः ''यह दवाई–ववाई की बात मैं कुछ नहीं समझी।''

मास्टर प्रकाश भारतीः ''उसको समझने की जरूरत नहीं है।''

गुरु माँः ''जब मेरी स्कूल की पढ़ाई पूरी हो गई, तो मैंने होम्योपैथी की डॉक्टर बनना चाहा। अम्मू और अप्पू ने मुझे होम्योपैथी पढ़ने दिल्ली भेजा। मैं अप्पू की छोटी बहन के पास रही। बुआ और फूफा ने मुझे बड़े स्नेह से रखा। बुआ

ने कई बार मुझे कहा, 'तूने तो भैया और भाभी के जीवन में रोशनी ला दी।' बुआ की एक बेटी थीं जो मुझ से बड़ीं थीं। दीदी और मेरी बहुत अच्छी बनी।''

पंडित अम्बा प्रसादः ''प्रभु कृपा से आपको साथ भी मिल गया।''

गुरु माँः दीदी और मैं एक ही कमरे में सोतीं थीं। देर रात तक हम इधर–उधर की बातें करतीं रहतीं। तब बुआ कमरे के दरवाजे पर हाजिर होतीं और धमकातीं, 'अगर तुम दोनों चुप नही हुईं, तो मैं दोनों को सड़क पर फेंक दूंगी।' हम दोनों खिलखिलाती हुईं सो जातीं। दिल्ली और हरिद्वार के बीच हम सब का आना–जाना चलता रहा। हरिद्वार से मुझे अप्पू–अम्मू और स्वामी भावानन्दजी के पत्र मिलते, और मैं भी उन्हें पत्र लिखती।''

मास्टर प्रकाश भारतीः ''तो दिल्ली में आपके दिन खुशी से बीते।''

गुरु माँः ''जी, हाँ, बहुत खुशी से। मालूम भी नहीं चला दिल्ली का समय कितनी जल्दी बीत गया। अप्पू और अम्मू के पास हरिद्वार लौटकर मैं स्वामी भावानन्दजी की सहायक बन गई। रोज सुबह मैं स्वामीजी के पास कुछ घंटो के लिए जाती। दिल्ली से मैं किताबी ज्ञान लेकर लौटी थी। स्वामीजी से मैं अनुभवी ज्ञान सीखने लगी। कभी–कभी कोई महिला आतीं जो स्वामीजी को अपने लक्षण बताने में कतरातीं। स्वामीजी मुझसे बात करने को कह देते। महिला को सुनकर मैं स्वामीजी से सलाह लेती और फिर दवाई देती।''

बिल्लू ताईः ''मरद डॉक्टरों से बात करने में मुझे तो कई बार बड़ी दिक्कत हुई है।''

गुरु माँः ''मरीज जो भी देते, वह अब भी मंदिर के दान पात्र में जाता। स्वामीजी ने इन्तजाम कर दिया कि हर महीने मुझे मंदिर से काम चलाऊ खर्च मिल जाए। स्वामीजी ने उसे मेरे 'हुक्के—पानी' का खर्च कहा।''

मास्टर प्रकाश भारती : ''हुक्के—पानी का खर्च? जब पहली बार खर्च मिला तो क्या खरीदा अपने?''

गुरु माँः ''पहले महीने का हुक्के—पानी का खर्च मैंने अम्मू के लिए एक साड़ी खरीदने में लगा दिया। सादी, सूती साड़ी ही खरीद पाई। साड़ी लेकर जब घर पहुँची, तो अम्मू झूम उठीं। मुझे भींच लिया और कई बार प्यार किया। बोलीं, 'बेटी को देते हैं। बेटी से लेते नहीं हैं। पर मैं इसे जरूर लूँगी। तू मेरी डिब्बी बेटी है, तो मेरा डिब्बू बेटा भी है। यह मेरे लिए कीमती से भी कीमती साड़ी से भी ज्यादा कीमती साड़ी है।' उन्होंने झटपट साड़ी पहनी और गुनगुनाने लगीं। जब शाम को अप्पू आए तो अम्मू ने फिरकनी की तरह घूम—घूम कर अप्पू को साड़ी दिखाई। अप्पू मुझसे बोले, 'तू अम्मू की आदत खराब कर देगी।' फिर मुझे अपनी बाहों में लिया और माथे पर प्यार किया।''

चौधरी चंदन सिंहः ''ऐसे मौके पर आपकी अम्मू ने आपकी शादी की बात जरूर उठाई होगी।''

गुरु माँः ''जी, उठाई थी। मैंने आपत्ति करी, तो अम्मू बोलीं, 'जब बेटी सयानी और काबिल हो जाए, और

उसकी शादी न हुई हो तो वह आँखों को अखरने लगती है। मुझे उस दिन का इन्तजार है जब तू और दामादजी बच्चों के साथ अप्पू और मेरे पास आएंगे। नानी का काम होता है, नातिनों को बिगाड़ने का। तेरे बच्चों का इतना बिगाड़ दूँगी, इतना बिगाड़ दूँगी, इतना बिगाड़ दूँगी कि तेरी नाक में दम आ जाएगा।' अम्मू ने मुझे फिर प्यार किया।''

चौधरी चंदन सिंहः ''बच्चों को बिगाड़ना तो नानी और दादी का फर्ज होता है।''

गुरु माँः ''अम्मू मुझसे बोलीं, 'जब से तू दिल्ली से लौटी है, हम सब गंगा स्नान के लिए नहीं गए। कल हम सब गंगा स्नान के लिए जाएंगे। स्नान के बाद, मंदिर जाकर माँ गंगा का आशीर्वाद लेंगे। फिर मैं अप्पू से झगड़ूंगी कि तेरी शादी के बारे में कुछ शुरु करें। जब तक तेरे अप्पू को कोई बात दस बार नहीं कहो, इनको सुनाई नहीं पड़ती। मैं ही हूँ, जो इनसे निभा रही हूँ। सच पूछो तो मैं तंग आ गई हूँ।' अप्पू मुस्कराए और बोले, 'जब तेरी अम्मू कोई बात पहली बार कहतीं हैं, तो मैं सुनता नहीं क्योंकि मैं जानता हूँ कि वही बात अम्मू कई बार फिर कहेंगी। तब बाद में सुन लूँगा।' फिर मेरी तरफ देखकर फुसफुसाए, 'मैं भी तो तंग आ गया हूँ।' शाम को खाने में, अम्मू ने अप्पू के पसन्द की अन्नारखी बनाई।''

पंडित अम्बा प्रसादः ''आपकी अम्मू का विचार अति उत्तम था। कोई भी शुभ कार्य प्रारम्भ करने से पहले, माँ गंगा का आशीर्वाद अत्यंत फलदायक होता है।''

गुरु माँः "अगले दिन हम तीनों हर की पौडी पहुँचे। हम गंगा में प्रवेश करने ही वाले थे कि अप्पू को एक पुरानी मरीज मिल गईं। अप्पू उनसे कुशल क्षेम पूछने लगे। उनसे मेरा परिचय कराया। उनसे बातें समाप्त कर, अप्पू और मैं गंगा की तरफ मुड़े कि हमें चीख सुनाई पड़ी। अम्मू गंगा में प्रवेश कर चुकीं थीं। घाट में लगी लोहे की चेन से उनका हाथ छूट गया था, और वे गंगा के तेज बहाव में छटपटा रहीं थीं। अप्पू मुझे चिल्लाए, 'यहीं रहना', और तेजी से गंगा में कूदे। वे अपने को सम्भाल नहीं पाए, और वे भी गंगा में बहने लगे। आगे अम्मा और पीछे अप्पू। अप्पू चिल्ला रहे थे, 'मैं आया, मैं आया', पर वे अम्मू तक पहुँच नहीं पा रहे थे। बहते–बहते अम्मू और अप्पू जल में गोते खा रहे थे। मैं भी जल में कूदने को हुई, पर कूद नहीं पाई। अप्पू की मरीज महिला ने मुझे कस कर पकड़ा हुआ था और कह रहीं थीं, 'नहीं, बेटी, नहीं'। घाट पर नहाती महिलाओं ने मुझे घेर लिया। कुछ लोग हल्ला करने लगे। अम्मू और अप्पू बह रहे थे, और मैं देख रही थी। मैं होश खो बैठी।"

गुरु माँ ने सिर झुका लिया, आँखें बन्द कर लीं, और शान्त होकर बैठीं रहीं। पंडित अम्बा प्रसाद उठे और पास रखे घड़े से एक गिलास पानी गुरु माँ को दिया। गुरु माँ ने पंडितजी को धन्यवाद दिया और धीरे–धीरे थोड़ा पानी पिया। गिलास अपने बगल में रख दिया।

मास्टर प्रकाश भारतीः "स्वामीजी, आप चाहें तो थोड़ी देर सुस्ता लीजिए।"

गुरु माँः ''अप्पू और अम्मू को गंगा में बहता देखने की याद से, मैं अपना सन्तुलन खो बैठी थी। अब मैं ठीक हूँ।''

चौधरी चंदन सिंहः ''जब आपको होश आया तो क्या हुआ?''

गुरु माँः ''होश आने पर मैं ने अपने आप को एक बिस्तर पर लेटा पाया। एक नर्स मेरे होठों पर पानी लगा रहीं थीं। थोड़ी दूर जैक चाचा खड़े थे। वे गोमती अस्पताल में डॉक्टर थे और अप्पू के मित्र थे। होठों पर उंगली रखकर उन्होंने मुझे चुप रहने का इशारा किया, और बोले, 'हर की पौड़ी से तुम्हें यहाँ अस्पताल लाया गया है, बेटी। जल पुलिस अप्पू–अम्मू को ढूँढ रही है। भावानन्दजी से तुम्हारी बुआ का पता लेकर मैंने उन्हें खबर भेज दी है। हिम्मत रखना।' उन्होंने मेरा माथा थपथपाया और चले गए। उनके जाने के बाद, नर्स ने एक गोली मेरी जीभ पर रखकर थोड़ा पानी पिला दिया। मुझे नींद आने लगी, और मैं सो गई।''

मास्टर प्रकाश भारतीः ''आपको नींद की गोली दी होगी।''

गुरु माँः ''जब आँखें खुलीं, तो मालूम चला अगले दिन की सुबह हो गई है। बुआ और फूफा पास खड़े थे। बुआ के आँसू गिर रहे थे। बोलीं, 'हरिद्वार से काफी दूर गंगा के किनारे दोनों पास–पास मिले।' मैं रोने लगी। फूफाजी ने मुझे सहारा देकर उठाया। बुआ और फूफा मुझे गाड़ी में बैठाकर गंगा तट ले गए। वहाँ स्वामी भावानन्दजी, जैक चाचा और उनकी पत्नी कार्ला चाची, अप्पू–अम्मू के अन्य मित्र, और

गोमती अस्पताल में काम करने वाले कई लोग खड़े थे। एक चिता पर अप्पू और अम्मू को बगल–बगल लेटाया हुआ था। बुआ बोलीं, 'भाभी ने काफी समय पहले मुझसे कहा था कि जब उनकी अन्तिम क्रिया का समय आए, तो वे चाहेंगी तू करे।' फूफाजी ने मेरा हाथ पकड़ा, और मैंने अप्पू–अम्मू को मुखाग्नि दी।''

गुरु माँ चुप हो गईं। अपने पास रखे गिलास को उठाकर थोड़ा पानी पिया।

मास्टर प्रकाश भारतीः ''आप ने बड़ी हिम्मत दिखाई।''

गुरु माँः ''बुआ और फूफा मुझे घर ले गए, जहाँ अप्पू–अम्मू के कपड़े लटकते देखकर मैं अपना रोना रोक नहीं पाई। बुआ ने मुझे सम्भाला। अस्थि–विर्सजन के बाद, फूफाजी तो दिल्ली लौट गए। उनकी बेटी वहाँ अकेलीं थीं। बुआ मेरे साथ रहीं। उन्होंने मेरी दिनचर्या ऐसी बना दी कि मैं सुबह से शाम तक व्यस्त रहती। रोज सुबह मरीज देखने स्वामी भावानन्दजी के पास जाती। जब लौटती, तो बुआ का बनाया हुआ खाना तैयार मिलता। बुआ बड़े प्यार से खिलातीं। खुद भी मेरे साथ खातीं। दोपहर को मेरे साथ बातें करतीं। कभी अपने और अप्पू के बचपन के बारे में बतातीं। अप्पू बुआ के खिलौने छिपा दिया करते थे। इस पर दोनों में झगड़ा होता था। ऐसी बातें सुनकर मुझे हँसी आती। बुआ के कहने पर मैंने शाम को घर पर मरीज देखने शुरु कर दिए। उसके बाद हम दोनों किसी मंदिर की आरती में जातीं। लौटकर साथ खाना बनातीं और खातीं। काफी देर तक बातें कर के, हम सो जातीं।''

पंडित अम्बा प्रसाद : ''वे आपका दिल हल्का करने की कोशिश कर रहीं थीं।''

गुरु माँः ''बुआ ने मुझे दिल्ली चलकर उनके साथ रहने को कई बार कहा, पर मैं कुछ निश्चय नहीं कर पा रही थी। घर के कोने–कोने में अम्मू–अप्पू का आभास होता था। रात को कभी नींद खुलती, तो लगता अप्पू और अम्मू बगल के कमरे में सो रहे हैं। उनके सांसें मुझे सुनाई पड़तीं। मैं बेचैन हो जाती। बगल में लेटी बुआ मुझे अपने से चिपटा लेतीं। एक महीने बाद बुआ दिल्ली लौट गईं। चलते वक्त कई बार कहा कि वे आतीं–जातीं रहेंगी, और उन्होंने ऐसा ही किया।''

मास्टर प्रकाश भारतीः ''घर में अकेले पहला दिन तो सूना लगा होगा।''

गुरु माँः ''बुआ के जाने की अगली सुबह, जब मैं स्वामी भावानन्दजी के पास गई तो उनसे संन्यास की दीक्षा मांगी। वे हँस कर बोले, 'एक लड़के ने जब स्वामी विवेकानन्दजी से पूछा कि मोक्ष पाने के लिए क्या करूँ, तो लड़के की कच्ची उमर देखते हुए स्वामीजी ने उसे फुटबॉल खेलने को कहा। सन्यास की दीक्षा इतनी जल्दी नहीं मिलती। आवेश में कुछ नहीं करो। तुम्हारी बुआ चाहतीं हैं कि अप्पू–अम्मू की बरसी के बाद तुम्हारा विवाह हो जाए।' जब मैंने कहा कि मैं विवाह नहीं करना चाहती, तो वे बोले, 'मैं तुम्हें पढ़ने की सामग्री देता रहूंगा। सुबह जब तुम आती हो, तो थोड़ी देर के लिए रोज तुम्हारे पसन्द के विषय पर चर्चा करेंगे। देखते हैं एक–दो साल में तुम किस नतीजे पर पहुँचती हो।' मैंने पूछा, 'आज से क्या मैं आपको गुरुजी सम्बोधित कर

सकती हूँ?' तब तक मैं उन्हें 'स्वामीजी' कहती आई थी। उन्होंने मेरे सिर पर हाथ रखकर जबाब दिया, 'जैसे तुम्हारी इच्छा। प्रभु तुम्हें मार्ग दिखाएं।' उस समय उनकी आखों में मैंने अप्पू और अम्मू को देखा। गुरुजी के आशीर्वाद से मेरा मन हल्का हुआ।''

पंडित अम्बा प्रसादः ''आपको उन दिनों और किसी का सहारा मिला क्या?''

गुरु माँः ''जैक चाचा और कार्ला चाची का बड़ा सहारा रहा। हर कुछ दिनों में मेरे घर आते, और मेरा ढाढस बंधाते। कभी अपने घर ले जाते। चाची और मैं मिल कर खाना बनाते। चाचा चुटकुले सुनाने में माहिर थे। बुआ हरिद्वार आतीं–जातीं रहीं। उन्होंने जब मेरे विवाह का जिक्र गुरुजी से किया, तो गुरुजी ने उनको दो साल रुकने को कहा। वे बोले, 'तब तक यह अपना मार्ग ढूंढ लेगी।' दो साल तक मैं गुरुजी की दी हुई सामग्री पढ़ती, रोज उनसे सवाल पूछती, और वे मुझे स्नेह से जबाब देते। जब मैं सन्यास लेने पर अडिग रही, तब गुरुजी ने मुझे सन्यास की दीक्षा दी। दीक्षा के समय बुआ, कार्ला चाची, और जैक चाचा हाजिर थे। सन्यास में पहनने के कई जोड़े कपड़े बुआ, चाची, और चाचा से मिले। तीनों ने मुझे आशीर्वाद दिया। बुआ ने मुझे चिपटा लिया और रोने लगीं। रोते–रोते बोलीं, 'तू सन्यासिन हो गई तो क्या। मेरे मरते दम तक, तू मेरी डिब्बी ही रहेगी।' चौधरीजी, आपका सवाल था मैं सन्यासिन कैसे बनी। उसका जबाब मैंने दे दिया है।''

चौधरी चंदन सिंहः ''स्वामीजी, आपकी बुआ अब भी आतीं जातीं होंगी?''

गुरु माँः "फूफा, बुआ, जैक चाचा, और कार्ला चाची तो दुनिया में नहीं रहे। बुआ की बेटी शादी के बाद मेरठ में रहतीं हैं। मुझसे मिलने दो बार आ चुकीं हैं।"

पंडित अम्बा प्रसाद : "आपने सन्यास के लिए दो साल अध्ययन किया। उन दो सालों में आपने भावानन्दजी से क्या सीखा? वही आपने राधा बिटिया को सिखाया होगा। वही तो राधा के संस्कार हैं।"

गुरु माँः "शुरु में गुरुजी ने एक जैन कथा सुनाई। छः व्यक्ति, जिन्हें दिखाई नहीं देता था, एक हाथी के पास गए यह पता लगाने कि हाथी का डीलडौल कैसा होता है। पहले ने हाथी का पेट स्पर्श किया और कहा कि हाथी दीवार जैसा है। दूसरे ने दाँत छूकर कहा हाथी बरछी जैसा है। तीसरे ने सूंड छुई और कहा हाथी साँप जैसा है। चौथा पैर छूकर बोला हाथी पेड़ जैसा है। पाँचवे का हाथ कान पर गया और वह बोला हाथी पंखे जैसा है। छठे ने पूँछ स्पर्श की और कहा हाथी रस्सी जैसा है। गुरुजी ने कहा इन छः व्यक्तियों ने एक ही हाथी को अलग–अलग रूपों मे समझा। उसी तरह हम जीवों ने एक ही प्रभु को अलग–अलग रूपों मे समझा है। कोई कहते हैं प्रभु निराकार हैं। कोई कहते हैं प्रभु साकार हैं। इन विचारों का समन्वय तुलसीदासजी ने किया। तुलसीदासजी ने कहा कि तापमान बदलने पर निराकार भाप बन जाती है साकार बर्फ। उसी तरह परिस्थिति बदलने पर निराकार ब्रह्म बन जाते हैं साकार विष्णु । फिर आवश्यकता पड़ने पर वे राम और कृष्ण के रूप में जन्म लेते हें। वे ही ब्रह्म हैं, वे ही विष्णु हैं, वे ही शिव हैं।"

पंडित अम्बा प्रसादः ''प्रभु के बारे और क्या कहते थे भावानन्दजी।''

गुरु माँः ''गुरुजी कहते थे कि प्रभु एक अच्छे प्रभु हैं। कभी कोई धर्म संकट आए तो सोचना कि एक अच्छे प्रभु क्या चाहेंगे। तुम्हें मार्गदर्शन मिलेगा। अगर तुम अस्वस्थ हो, डॉक्टर के पास जाती हो, और प्रार्थना करती हो कि तुम स्वस्थ हो जाओ, तो कोई दोष नहीं। पर अगर तुम प्रार्थना करती हो कि किसी अन्य व्यक्ति को तुम्हारी बीमारी चली जाए, तो दोष कर रही हो, क्योंकि एक अच्छे प्रभु नहीं चाहेंगे तुम ऐसी प्रार्थना करो।''

पंडित अम्बा प्रसादः ''भावानन्दजी ने आपको क्या–क्या पढ़ाया?''

गुरु माँः ''रामायण और भागवत् पढ़ाए। गौतम बुद्ध और महावीर पढ़ाए। शंकराचार्य का अद्वैतवाद, रामानुजाचार्य का विशिष्ट अद्वैतवाद, और माधवाचार्य का द्वैतवाद पढ़ाए। यहाँ तक कि चर्वाक दर्शन भी पढ़ाया––यवत् जीवत् सुखम् जीवत्। ऋण्म् कृतव घृतम् पिबेत्।''

बिल्लू ताईः ''इसके मायने क्या होते हैं।''

पंडित अम्बा प्रसादः ''जब तक जियो, सुखी जियो। कर्ज लेकर घी पियो।''

मास्टर प्रकाश भारतीः ''अब मैं समझा। हमारे नेता चर्वाक दर्शन का पालन करते हैं। देख नेता की चूपड़ी, ललचाता है जी। रूखी सूखी खाए के, हम रहते पानी पी।''

चौधरी चंदन सिंहः ''नेताओं की आदतें तो बदलेंगी नहीं। उनके बारे में कुछ भी कहना बेकार हैं।''

मास्टर प्रकाश भारती : ''देहरादून स्कूल में बच्चे यह गाते थे——नेता रीति सदा चली आई। पान खाई, सिग्रेट सुलगाई।''

पंडित अम्बा प्रसादः ''चलिए, नेताओं की बात छोड़िए। स्वामीजी, आप आगे बताईए।''

गुरु माँः ''गुरुजी ने कहा रोज ध्यान करो और अपने अन्दर खोजो कि तुम्हारा रुझान किधर है। 'आत्मः दीपो भवः'। अपना दीपक बनो। प्रभु से प्रार्थना करो 'तमसो मा ज्योर्तिगमय', जिससे वे तुम्हें अंधकार से प्रकाश की ओर ले जाएं। उन से माँगना कि वे तुम्हें सद्बुद्धि दें और सत्कर्म की ओर प्रेरित करें।''

पंडित अम्बा प्रसादः ''क्या आपने ऐसा किया?''

गुरु माँः ''जी, हाँ। मैंने गुरुजी के बताए अनुसार किया।''

पंडित अम्बा प्रसादः ''क्या परिणाम रहा?''

गुरु माँः ''धीरे धीरे यह होने लगा कि जब भी मैं ध्यान करती, तो थोड़ी देर बाद मुझे श्रीकृष्ण दिखाई देते। कभी गाय चरा रहे हैं, कभी द्रौपदी की रक्षा कर रहे हैं, तो कभी अर्जुन को उपदेश दे रहे हैं। जब मैंने गुरुजी को यह बताया, तो वे बोले, 'तुम्हारे इष्ट देव ने तुम्हें ढूंढ लिया है, और तुम ने उनको। जाकी रही भावना जैसी, प्रभु मूरत देखी तिन तैसी। तुलसीदासजी ने कृष्ण मूर्ति पर धनुष बाण देखे। अब

तुम श्रीकृष्ण को अपना ग्वाला मान लो। उनकी गाय बनकर उनकी आज्ञा पर चलो, या उनको अपना सारथी बना कर अपने जीवन का रथ चलाने दो। उन्होंने द्रौपदी की रक्षा करी। वे तुम्हारी भी रक्षा सदैव करेंगे।' फिर उन्होंने मुझे आशीर्वाद दिया।''

पंडित अम्बा प्रसादः '' सन्यास की दीक्षा देते समय भावानन्दजी ने आपसे क्या कहा?''

गुरु माँः ''गुरुजी ने कहा प्रार्थना करना, 'तेरे पूजन को भगवान, बना मन मंदिर आलीशान'। सबसे भव्य मंदिर, अपने मन में बनाना। दान लेकर अपने लिए कोई वैभवी आश्रम बनाने में मत लग जाना। वह माया जाल और संग्रह का कारण बन जाएगा। जिनसे तुम दान लोगी, उनकी कर्जदार बन जाओगी। कुबेरी सन्यासी बनकर तुम अपने उद्देश्य से विमुख हो जाओगी। वैभवी आश्रम स्थापित कर, अपने आप को क्या कहलाना चाहोगी? महाराज, अध्यक्ष, परमाध्यक्ष, प्रातः स्मर्णीय, वेदमार्तण्ड, वेदान्ताचार्य, जगद्गुरु, सद्गुरु, श्री श्री एक हजार आठ, मण्डलेश्वर, महामण्डलेश्वर, सरस्वती, भक्तिप्रभाकर, मुनिवर, ब्रह्मज्ञानी, मठाधीश, परमपूज्य, श्रद्धेय? इन उपाधियों का भी अपना अहंकार होता है। खुदा को पाने के लिए खुदी को गँवाना होता है। फारसी संत मंसूर ने कहा है––जलाकर खुदनुमाईको, भसम तन पर लगाता जा।''

पंडित अम्बा प्रसादः ''भावानन्दजी ने शरीर निर्वाह का क्या साधन बताया?''

गुरु माँः ''उन्होंने कहा कि अगर तुम संन्यास ले रही हो तो इसका तात्पर्य यह नहीं कि तुम समाज पर एहसान कर

रही हो, जिससे तुम समाज पर बोझ बन जाओ। जब तक तुम्हारा शरीर चलता है, तब तक तुम भिक्षा की अधिकारी नहीं हो। तम्हारे लिए भिक्षा की रोटी हराम की रोटी होगी। जिस घर में रह रही हो, वह तुम्हारा आश्रम होगा। उसी आश्रम में तुम श्रम करना। वही श्रम तुम्हारा कर्म होगा। अपने होम्योपैथी के ज्ञान को अपने कर्म का माध्यम बनाना। उस कर्म से शरीर निर्वाह के लिए अर्थ कमाना। जो मिल जाए, उस में सन्तुष्ट रहना। 'जाको कछु न चाहिए, सो शाहं के शाह'। सूरदासजी ने लिखा है, 'इक लोहा पूजा में राखत, इक घर बधिक पर्यो'। जैसे लोहा अलग–अलग इस्तेमाल में आता है, वैसे ही अर्थ भी। अर्थ से अनर्थ मत करना। तुम्हारे लिए होगा धर्म, अर्थ, श्रम, मोक्ष।''

पंडित अम्बा प्रसादः ''पर संसार तो मिथ्या माना गया है क्योंकि यह नश्वर और क्षणभंगुर है। संन्यासी को तो संसार से निर्लिप्त होना चाहिए। अगर आप अर्थ कमाएंगी तो निर्लिप्त कैसे रहेंगी?''

गुरु माँः ''गुरुजी कहते थे कि जब तक तुम पृथ्वी का दिया भोजन कर रही हो, तब तक तुम पृथ्वी पर बसे संसार से निर्लिप्त नहीं हो। तुम्हे संसार को कुछ देना है। यदि किसान निर्लिप्त हो जाए, तो वह अन्न नहीं उगाएगा, और दुनिया में अकाल पड़ जाएगा। अगर तुम समझती हो कि जगत मिथ्या है, तो इस जगत में तुम्हारा रहना मिथ्या हो जाता है। यह मत सोचना कि तुम्हें कुछ करने की जरूरत नहीं क्योंकि संसार नश्वर और क्षणभंगुर है। संसार तो अरबों वर्श से चला आ रहा है। नश्वर और क्षणभंगुर तो हमारा

शरीर है, जो कुछ ही समय इस संसार में रहता है। संसार में रहकर संसार की बुरी लालसाओं से निर्लिप्त रहना। यही तुम्हारा सन्यास होगा।''

पंडित अम्बा प्रसादः ''समाज के प्रति क्या कर्त्तव्य बताया भावानन्दजी ने? तीन लड़कियों को पालकर आपने क्या वह कर्त्तव्य निभाया हैं?''

गुरु माँः ''कर्त्तव्य निभाने का प्रयत्न किया है, पंडितजी। गुरुजी ने बताया कि अगर समाज में किसी की सहायता कर सकती हो, तो चूकना नहीं। संत कबीर ने ऐसा कुछ कहा है, 'बड़ा हुआ तो क्या हुआ, जैसे पेड़ खजूर। पंथी को छाया नहीं, फल लागे अति दूर'। समाज के प्रति ऐसा व्यवहार करना जैसा तुम समाज से चाहती हो। विभिन्न दर्शन शास्त्रों का ज्ञान निरर्थक है अगर समाज के प्रति तुम्हारा व्यवहार ठीक नहीं। परलौकिक व्यवहार प्रभु की तरफ होता है। लौकिक व्यवहार समाज की तरफ होता है। परलौकिक और लौकिक व्यवहार दोनों ही उचित रखना।''

पंडित अम्बा प्रसादः ''और दान?''

गुरु माँः ''दान तो व्यवहार का एक अंश है, पंडितजी। दान भी दो प्रकार के होते हैं। परलौकिक दान मंदिर को होता है, जिससे मंदिर की व्यवस्था और पुजारी का पोषण होता हें। लौकिक दान समाज को होता है, जैसे किसी असहाय की सहायता करना।''

पंडित अम्बा प्रसादः ''तो क्या भावानन्दजी ने यही आपकी साधना बताई?''

गुरु माँः ''वे मुझसे कहते थे कि ज्ञान योग, भक्ति योग, और कर्म योग तीनों तुम्हारी साधना होंगे। सद्बुद्धि ज्ञान योग है, प्रार्थना भक्ति योग है, और सेवा कर्म योग है। इस लोक में रहते हुए परलोक के बारे में इतना मत सोचना कि तुम इस लोक के लिए बेकार हो जाओ। अगर ऐसी हो गई तो तम्हारे जीवन का कोई प्रयोजन नहीं रह जाएगा। यह चिन्ता मत करना कि मृत्यु के बाद तुम कहाँ जाओगी। प्रभु जिधर भेज देंगे उधर जाओगी।''

चौधरी चंदन सिंहः ''बात कहाँ से कहाँ पहुँच गई। हम सब तो इसलिए इकट्ठे हुए हैं कि क्या किया जाए क्योंकि हमें राधा बिटिया की जाति नहीं मालूम।''

बिल्लू ताईः ''राधा और बिरजू के ब्याह की इजाजत देने से पहले मैं यह जानना चाहूँ कि राधा की जात जनम से क्या है?''

मास्टर प्रकाश भारती : ''राजा जनक ने सीताजी को खेत में पाया था। अपनी बेटी बनाकर उनका पालन किया। बाद में सीताजी का विवाह रामचन्द्रजी के साथ हुआ। हम नहीं पूछते कि जन्म से सीताजी की क्या जाति थी।''

पंडित अम्बा प्रसादः ''उन्हीं सीताजी को हम जगद्म्बा मानते हैं।''

चौधरी चंदन सिंहः ''स्वामीजी, जाति के विषय में आपके क्या विचार हैं?''

गुरु माँः ''वही जो मैंने गुरुजी से सीखा।''

चौधरी चंदन सिंहः ''क्या सीखा?''

गुरु माँः ''कहा जाता है, 'जात पात पूछै न कोय। हरि को भजै सो हरि का होय'। भूख से व्यथित सन्यासी गौतम ने चरवाहा कन्या सुजाता से खाना माँगा। अपनी जाति की वजह से सुजाता हिचकिचाई। गौतम ने कहा उनके लिए सब जाति समान हैं। सुजाता ने गौतम को खीर देकर उनकी जीवन रक्षा की। बाद में वे गौतम बुद्ध बने। बच्चे कबीरदास नदी के किनारे पाए गए थे। एक जुलाहे के घर में वे बड़े हुए। हमें नहीं मालूम उनकी जाति क्या थी। पर हम सभी उनका मान करते हैं। देश के दक्षिण में संत तिरुवल्लुवर हुए थे। उनकी कहानी भी कबीर जैसी है। जिन्होंने उन्हें पाला वे उनके जन्म देने वाले माता–पिता नहीं थे। तिरुवल्लुवर ने तिरुक्कुरल ग्रन्थ लिखा, जिसको कई लोग पाँचवा वेद मानते हैं। नरसिंह मेहता, रविदास, नानक, सूरदास, चैतन्य, मीनाबाई, दयानन्द, रामकृश्ण, विवेकानन्द––ये सब प्रभु भक्त हुए। सब का संग किया। जाति नहीं पूछी।''

बिल्लू ताईः ''साधु–संतों की बात अलग है। हम लोगों को तो जात माननी होती है।''

गुरु माँः ''गुरुजी ने मुझसे कहा था कि अगर तुम्हें दिल का दौरा पड़ रहा हो, तो तुम डॉक्टर के पास जाकर यह नहीं पूछोगी कि उनकी जाति और धर्म क्या है। तुम्हें अपना इलाज कराना है। और डॉक्टर तुम्हारी जाति और घर्म नहीं पूछेंगे। उन्हें तुम्हारा इलाज करना है।''

बिल्लू ताईः ''हमारे पुरखों ने जात के जो रिवाज़ बनाए थे, वे हमारी भलाई के लिए ही बहुत सोच–समझ के बनाए

थे। हर जात का खान–पान, रहन–सहन, उठना–बैठना, बोलना–चालना, और शादी–ब्याह अलग–अलग होने चाहिए। मैं नहीं समझती कि इन रिवाज़ों को तोड़ने में अच्छाई है। क्या कोई बता सकता है कि ये रिवाज तोड़कर कभी किसी ने कुछ अच्छा काम किया हो?''

बैठे ही बैठे शिब्बू ने अपना दाहिना हाथ उठाया।

चौधरी चंदन सिंहः ''क्यों रे, शिब्बू, तू कुछ कहना चाहता है, क्या? यहाँ कोई खाने की बात तो हो नहीं रही। खाने को छोड़कर, तू और कुछ जानता नहीं।''

शिब्बूः ''चौधरी मामा, खाने की बात तो है। पर उस सवाल का जबाब है, जो अभी ताईजी ने पूछा। आप सब की इजाजत हो तो बता सकता हूँ।''

अम्माः ''शिब्बू, अगर तूने कोई हँसी–मजाक किया, तो मैं तेरी खाल उधेड़ दूंगी।''

शिब्बूः ''जरूर, अम्मा, जरूर।''

काकी माँः ''बोल शिब्बू, क्या कहना चाहता है तू? जैसा तेरी अम्मा ने कहा है, कोई हँसी–मजाक मत करना।''

मास्टर प्रकाश भारतीजी की तरफ देख कर शिब्बू बोले, ''मास्टरजी, मैं तो तब बच्चा था, जब आप देहरादून में पढ़ाते थे, और छुट्टियों में यहाँ गाँव आते थे। हम बच्चे आपको घेर लेते थे, और आपसे कहानी सुनाने की जिद करते थे। आपने कई कहानी सुनाईं। उन्हीं में से एक कहानी मैं आज दोहराना चाहता हूँ। आपने कहा था कि वह कहानी सच्ची है।''

मास्टर प्रकाश भारतीः ''कौन सी कहानी रे?''

शिब्बूः ''आपने बताया था कि शिवाजी जब औरंगजेब के कारावास से छिप कर निकले गए थे, तब वे अपने जानने वाले एक पंडितजी के घर पहुँचे। शिवाजी को ढूंढते—ढूंढते औरंगजेब के सिपाही भी पंडितजी के घर पहुँच गए, जहाँ उन्हें शिवाजी दिखाई दिए। सिपाहियों ने पंडितजी से शिवाजी का परिचय पूछा। पंडितजी ने कहा कि वे उनके रिश्तेदार हैं, जो गाँव से आए हैं। सिपाहियों को शक हुआ। सिपाहियों ने पंडितजी से कहा कि अगर वास्तव में ये आपके रिश्तेदार हैं, तो इनके साथ एक थाली में खाना खाईए। पंडितजी ने सिपाहियों के कहे अनुसार किया। सिपाही चले गए। मास्टरजी, आपने कहा था कि शिवाजी और पंडितजी एक जाति के नहीं थे, पर शिवाजी के साथ खाना खाकर पंडितजी ने अच्छा काम किया था।''

बिल्लू ताईः ''ये लोग कौन थे, मैं तो जानू न। प्रकाश, तुम तो पढ़े—लिखे हो। शिब्बू ने जो कहा, क्या यह बात सच है?''

मास्टर प्रकाश भारती : ''जी, हाँ, ताईजी। उन पंडितजी ने शिवाजी को संकट से बचाया। इसलिए अच्छा काम किया।''

चौधरी चंदन सिंहः ''अरे, शिब्बू तू कब से अकल की बात करने लगा?''

शिब्बूः ''गुस्ताखी माफ हो, मामाजी। अगर आप चाहेंगे, तो आज के बाद मैं आप से कभी अकल की बात नहीं करूँगा। मैंने तो वही कहा जो मास्टरजी से सुना था।''

चौधरी चंदन सिंहः ''मैंने यह तो बहुत देखा है कि एक बड़ा भाई अपने छोटे भाई का रिश्ता करवाता है, पर यहाँ तू छोटा भाई अपने बड़े भाई के रिश्ते में बोल रहा है। ऐसा मैंने पहली बार देखा है। कोई माजरा है, क्या?''

शिब्बूः ''है, मामाजी।''

चौधरी चंदन सिंहः ''क्या?''

शिब्बूः ''मास्टराइनजी हलवा अच्छा बनातीं हैं। अगर उनका ब्याह बिरजू भैया से हो जाता है, तो जब भी वे भैया के लिए हलवा बनाएँगी, मुझे भी कुछ मिल जाएगा।''

चौधरी चंदन सिंहः ''तो अब कही तूने अपने मतलब की बात।''

शिब्बूः ''आप सबने मास्टराइनजी का बनाया हलवा खाया होगा। कुछ दिन पहले मंदिर के प्रसाद में बँटा था।''

पंडित अम्बा प्रसादः ''जो तू दो बार ले गया था।''

शिब्बूः ''आपको मालूम है, पंडितजी?''

पंडित अम्बा प्रसाद : ''मैंने ही तो तुझे दो बार दिया था। मैं तो सोच रहा था तू तीसरी बार आएगा।''

शिब्बूः ''अगर मैं तीसरी बार आता, तो क्या आप प्रसाद देते?''

पंडित अम्बा प्रसादः ''जब मेरा नाम प्रसाद है, तो मैं भगवानजी का प्रसाद मना कैसे करता।''

काकी माँः ''खत्म करो इस बात को।''

चौधरी चंदन सिंहः ''हाँ, स्वामीजी, अब बताईए कि राधा बिटिया आपको कैसे मिली?''

गुरु माँः '' सन्यास लेने के बाद भी, मैं रोज सुबह मरीज देखने गुरुजी के पास जाती रही। शाम को मैं मरीज घर में देखती। कई वर्षों तक ऐसा चलता रहा। एकान्त में रहने की आदत पड़ गई। सिर के बाल हल्के सफेद होना शुरु हो गए थे। एक दिन गुरुजी मुझसे बोले कि एक तीन साल की बच्ची है, जिसके माता–पिता नहीं हैं। पुलिस की इजाजत से गुरुजी के एक परिचित दम्पत्ति बच्ची की देखभाल कर रहे हैं। पर उनकी उमर हो चली है। पति दिल के मरीज हैं, और पत्नी दमा की। बच्ची की देखभाल करना उनके लिए मुश्किल हो रहा है। क्या मैं कुछ समय के लिए बच्ची को अपने पास रख सकूंगी? गुरु–आज्ञा समझकर मैंने हामी भर दी।''

चौधरी चंदन सिंहः ''और बच्ची आपकी हो गई?''

गुरु माँः ''गुरुजी ने कहा कि वे कोशिश करेंगे किसी युवा दम्पत्ति को ढूंढने की, जो बच्ची मुझसे ले लेंगे। फिर उसे अपनी संतान मान कर बड़ा करेंगे। जो महिला बच्ची की देखभाल कर रहीं थीं, वे बच्ची को लेकर मेरे पास आईं और कुछ दिन साथ रहीं। बच्ची उनको 'नानी' कहती थी। मैं भी उनको 'नानी' कहने लगी। नानी ने मुझे बताया जो कुछ भी वे बच्ची के बारे में जानतीं थीं। बच्ची का नाम उन्होंने राधा रख दिया था। नानी ने मुझे सिखाया कि राधा

को कैसे खाना खिलाना है, कैसे उसकी मालिश करनी है, कैसे नहलाना है।''

बिल्लू ताईः ''तो आपको यह सब सीखना पड़ा?''

गुरु माँः ''जी, ताईजी। मुझे सन्यासिन देखकर नानी ने जोर दिया कि राधा मुझे 'गुरु माँ' कहे, और कुछ ही दिनों में राधा मुझे 'गूलू माँ' कहने लगी। नानी ने राधा को पड़ौस के हम–उम्र बच्चों से मिलवाया ताकि राधा उनके साथ खेल सके। जब राधा मुझ से हिलमिल गई, तब नानी चलीं गईं। मैंने राधा की देखभाल अकेले शुरु कर दी। गुरुजी ने कहा कि जब तक राधा मेरे पास है, मैं उनके पास सुबह न आऊँ। सुबह और शाम मरीज घर पर ही देखूँ। हर कुछ दिनों में उनका सन्देश आता कि वे राधा के लिए युवा माता–पिता ढूँढ रहे हैं।''

पंडित अम्बा प्रसादः ''तो क्या जवान माता–पिता नहीं मिले जो राधा को ले लेते?''

गुरु माँः ''जिस मंदिर में गुरुजी रहते थे, उस मंदिर के पुजारी एक सुबह मुझे मिलने आए। उन्होंने बताया कि रात नींद में गुरुजी की जीवन यात्रा पूरी हो गई। प्रभु ने मुझे अम्मू–अप्पू दिए थे, और प्रभु ने ही मुझे राधा दी। जिस तरह एक समय अम्मू–अप्पू ने मुझे रखने के लिए कानूनी कार्यवाही करी थी, उसी तरह राधा को रखने के लिए मैंने कानूनी कार्यवाही करी। उससे मेरा परिचय कुछ वकीलों, डॉक्टरों, और पुलिस से हो गया। बाद में ये लोग मेरे पास दो लड़कियाँ और लाए।''

मास्टर प्रकाश भारती : ''वकीलों ने तो आपको खूब छकाया होगा। एक बार उनकी पकड़ में आ जाओ तो छुटकारा नहीं मिलता। पहले तो उनके दफ्तर में घुसने के लिए फीस देनी पड़ती है। फिर उनके दफ्तर से निकलने के लिए फीस देनी पड़ती है। जो चुभें जैसे कील, उन्हें कहते हैं वकील।''

गुरु माँः ''वकील कई तरह के होते हैं। मैं एक वकील को जानती थी, जो अपने कमजोर हाजमे के कारण परेशान रहते थे। उनका इलाज गुरुजी ने किया था। उन वकील ने मेरी मदद करी की । जब मैं उनकी फीस देने लगी, तो मना कर दिया। बाद में जब दो और लड़कियों के लिए कानूनी कार्यवाई की जरूरत पड़ी, तो उन्हीं वकील ने करी। तब भी मुझसे कोई फीस नहीं ली।''

पंडित अम्बा प्रसादः ''आपके गुरुजी स्वर्गलोक से आपकी सहायता कर रहे थे।''

गुरु माँः ''फिर तो आज भी करी। आज सुबह, लड़कियों के बिन्दू चाची–चाचा के साथ मैं यहाँ आने के लिए हरिद्वार बस अड्डे पैदल जा रही थी। एक मोटर कार रुकी। वही वकील उतरे। उन्हें काफी समय से देखा नहीं था। बाल सफेद हो चुके थे। उनके पूछने पर मैंने अपने यहाँ आने का प्रयोजन बताया। वे बोले, 'बस से नहीं जाओगी। कार से जाओगी।' अपने मुवक्किल से मिलने पैदल चल दिए। बिन्दू और मुझे उनके ड्राइवर कार से यहाँ लाए हैं। कार काकी माँ के घर के बाहर खड़ी है। उसी कार से बिन्दू, राधा, और मैं आज शाम हरिद्वार लौटेंगी।''

पंडित अम्बा प्रसादः ''ठीक ही तो कहा है कि प्रभु की लीला अपरम्पार है।''

मास्टर प्रकाश भारती : ''साधु–महात्माओं के साथ रहना मुश्किल होता है। अपने कड़े अनुशासन से वे अपने साथ वालों को अपनी तरह ढालने की कोशिश करते हैं। अनुशासन भुगतने वाले कभी–कभी विद्रोह कर देते हैं। जैसा महात्मा गांधी के पुत्र हरिलालजी ने किया था। कहा जाता है कि गांधीजी देश के पिता तो बन गए, पर अपने बेटों के पिता नहीं बन पाए। गांधीजी की पत्नी कस्तूरबाजी ने एक बार गांधीजी से कहा था, 'आप चाहते हैं कि मेरे बेटे आदमी बनने से पहले साधु बन जाएं।' मैं तो मानता हूँ कि महात्मा गांधी से भी बड़ी महात्मा कस्तूरबाजी थीं, जिन्होंने गांधीजी के साथ त्रेसठ साल बिताए। आपने तीनों लड़कियों पर कैसा अनुशासन रखा?''

पंडित अम्बा प्रसादः ''सभी महात्मा एक जैसे नहीं होते। सैद्धान्तिक महात्मा अपने नियमों को सख्ती से दूसरों पर अनुशासित करते हैं। व्यवहारिक साधु–महात्मा अपने नियमों को अपने पर अनुशासित करते हैं। फिर अपने मधुर व्यवहार से दूसरों को प्रभावित करते हैं। स्वामीजी, मैं भी वही पूछना चाहता हूँ जो मास्टरजी ने अभी पूछा। आपने लड़कियों पर कैसा अनुशासन रखा?''

गुरु माँः ''जैसा अम्मू ने मुझ पर रखा था।''

मास्टर प्रकाश भारतीः ''कैसा?''

गुरु माँः ''बच्चों की गलतियाँ दो प्रकार की होती हैं। मूर्खता और दुष्टता——''

मास्टर प्रकाश भारतीः ''नेताओं जैसी दुष्टता।''

गुरु माँः ''मेरी एक लड़की गीली सड़क पर दौड़ रही थी। फिसल कर गिर गई। हाथ में हल्की चोट आई। पट्टी लग जाने के बाद उसकी दोनों बहनों ने और मैंने उसकी मूर्खता पर उसकी थोड़ी हँसी उड़ाई। फिर उसे समझा दिया कि ऐसा न करे। पर अगर वह किसी से लड़ती तो वह दुष्टता होती। तब मैं उसे फटकारती। मुझे बिरले ही अपनी लड़कियों को फटकारना पड़ा है। मैंने लड़कियों के साथ साम, दाम, दण्ड, क्षमा का पालन किया हैं। काकी माँ, राधा तो आपके साथ छः महीने से रह रही है। क्या उसने कोई दुष्टता करी है? क्या उसने बदतमीज़ी करी है? क्या उसने झगड़ा किया है? क्या उसने स्कूल के किसी बच्चे पर हाथ उठाया है? क्या उसने आपकी बात अनसुनी करी है?''

काकी माँः ''और कुछ तो नहीं किया, पर हाँ एक बार मेरी बात तो अनसुनी करी थी।''

बिल्लू ताईः ''हाय राम! तुम्हारी बात अनसुनी करी! यह तो गलत किया।''

गुरु माँः ''आपकी बात अनसुनी करी, काकी माँ! ऐसा मैंने उसे कभी नहीं सिखाया। मैं उसकी खबर लूंगी। क्या हुआ बताईए?''

काकी माँः ''मैं बताए देती हूँ। बुढ़ापे की मार। एक रात मेरे पैरों में दर्द हो रहा था। मैं सो नहीं पा रही थी। राधा मेरे पैरों की मालिश कर रही थी। जब काफी रात हो गई, तब मैंने उसे कई बार कहा कि जाकर सो जा। उसे अगले

दिन स्कूल जाना था। पर वह मेरे पैरों की मालिश करती रही। मुझे नहीं मालूम कब मेरी आँख लग गई। सुबह जब नींद टूटी, तो देखा वह मेरे पैरों के पास सिमटी हुई सो रही थी। मैंने उसे जगाया और पूछा कि रात वह अपनी खाट पर क्यों नहीं गई। तो कहती है कि अगर मुझे उसकी जरूरत पड़ती, तो वह पास ही रहना चाहती थी। मैंने कहा मैं उसे बुला लेती।''

बिल्लू ताईः ''ठीक कहा, तुमने।''

काकी माँः ''राधा बोली, 'जब हम लड़कियों में से कोई बीमार पड़ती थी, तो पलंग के पास कुर्सी पर गुरु माँ रात भर बैठीं रहतीं। माला जपतीं रहतीं। हमारी जरा सी भी आहट सुनकर पूछतीं क्या चाहिए। नींद आती तो बैठी–बैठी ही सो जातीं। नींद खुलने पर फिर माला जपने लगतीं।' स्वामीजी, आपके सिखाए पर ही तो राधा ने मेरी अनसुनी करी। अगर आप उसकी खबर लेंगी, तो पहले अपनी खबर लीजिएगा।''

गुरु माँः ''मैं वही करती आई हूँ, जो मेरी अम्मू मेरे लिए करतीं थीं।''

काकी माँः ''जो आपकी अम्मू आपके लिए करतीं थीं, वही राधा ने मेरे लिए किया। तो क्या राधा मुझ बुढ़िया की माँ बन गई थी?''

पंडित अम्बा प्रसाद : ''बहुतेरी बेटियाँ जब बड़ी हो जातीं हैं, तब अपने माँ–बाप की ही माँ बन जातीं हैं। मैं कुछ महीने बनारस रहा था। मुझे एक सज्जन मिले जिनको सब 'बंकिम बाबू' कहते थे। उनकी बीस साल की एक बेटी थी। नाम था

लता। अपने पिता का बड़ा ध्यान रखती थी। साथ—साथ एक बेटी के स्नेह से पिता पर धाक भी जमाती थी। जब बंकिम बाबू खाना खाते, तो वहीं खड़ी रहती। अगर किसी दिन कम खाते, तो रूठ जाती। पिता—पुत्री का इतना गहरा सम्बन्ध मैंने और कहीं नहीं देखा है। बंकिम बाबू उसे 'लता माँ' के नाम से बुलाया करते थे। हँसते हुए, अपने लहजे में कहते, 'मुझे लौता माँ से बौत डौर लौगता है।' . . . स्वामीजी, हम में से यहाँ किसी की हिम्मत नहीं कि काकी माँ की बात अनसुनी करें।''

मास्टर प्रकाश भारतीः ''हाँ, हममें से किसी की ऐसी हिम्मत नहीं है।''

पंडित अम्बा प्रसाद : ''अच्छा हुआ कि जरूरत पड़ने पर राधा बिटिया ने काकी माँ की अनसुनी करी। स्वामीजी, आपको अपने अम्मू—अप्पू और गुरुजी से उत्तम संस्कार मिले। वही उत्तम संस्कार आपने राधा को दिए। उन उत्तम संस्कार से राधा का आचरण यहाँ सदैव उत्तम रहा है। जन्म से उसकी कोई भी जाति रही हो, पर अपने उत्तम आचरण से राधा की जाति अति उत्तम है।''

काकी माँः ''क्या पंचों को स्वामीजी से और कुछ पूछना है?''

जब सब पंच चुप रहे, तो काकी माँ ने बाकी हाजिर लोगों से कहा कि क्या उनको स्वामीजी से कुछ पूछना है। किसी ने कुछ नहीं कहा। तब काकी माँ बोलीं, ''अब पंच आपस में बात करके थोड़ी देर में अपना फैसला सुनाएंगे। तब तक सब शान्त बैठें।''

6

शिब्बू तेज कदमों से काकी माँ के घर में घुसे। सामने राधा को देखकर, बोले, ''मास्टराइनजी, मास्टराइनजी।' लिफाफे से बून्दी का एक लड्डू निकालकर उनके मुँह में रख दिया।

उसके बाद दाहिने घूमे, बिन्दू चाची को देखकर उनके पैर छुए, और एक लड्डू उनके मुँह में रख दिया। फिर बड़ी शिश्टता से बोले, ''चाचीजी, आपने मुझे दो दिन पहले देखा था, जब आप चाचाजी के साथ घर आईं थीं। अगर आप भूल गईं हों तो बताता हूँ । बन्दे का नाम शिब्बू है। बड़े भैया का नाम बिरजू है। आपको यह बताने आया हूँ कि पंचायत से इजाजत मिल गई है। अब मास्टराइनजी और बिरजू भैया का बेड़ा गरक हो सकता है।''

बिन्दू चाची लड्डू चबा रहीं थीं। खाँसते हुए बोलीं, ''यह तो बहुत अच्छी खबर लाए हो, बेटा।''

शिब्बूः ''पंचायत का फैसला सुनते ही अम्मा ने सबको थोड़ी देर रुकने को कहा। मुझे लड्डू लाने हलवाई की दुकान भेजा। भैया के दोस्त भैया को खबर देने भागे। जब मैं लड्डू लेकर लौटा, तो लोग अम्मा को घेरे हुए थे। सब भैया और मास्टराइनजी के लिए आशीष दे रहे थे। अम्मा के आँसू बह रहे थे। पर अम्मा खुश थीं। मुझे देखते ही बोलीं,

'आज तेरे पिताजी को होना था।' गुरु माँ और पंडितजी ने मिलकर भगवानजी को लड्डू का भोग चढ़ाया। अम्मा ने मुझे आपके लिए कुछ लड्डू दिए, और बाकी लड्डू लोगों में बाँटने शुरु कर दिए।''

बिन्दू चाचीः ''शिब्बू बेटे, तुम्हारी अम्मा ने राधा और मेरे लिए लड्डू तो दिए। पर क्या यह भी कहा था कि मुँह में रख देना?''

शिब्बूः ''वह मैंने अपनी तरफ से किया। लिफाफे में और भी लड्डू बचे हैं। ये तो अब प्रसाद हैं। इन्हें हरिद्वार ले जाइएगा। चाचाजी के लिए और मास्टराइनजी की बहनों के लिए।''

बिन्दू चाची ने लड्डू का लिफाफा शिब्बू के हाथ से लिया, और एक लड्डू निकालकर शिब्बू के मुँह में रख दिया। ''बेटे, अगर तुम मुझ से शैतानी करोगे, तो मैं भी तुम से शैतानी कर सकती हूँ। . . . तुम्हारे साथ गुरु माँ और काकी माँ नहीं आई, कहाँ हैं वे?''

लड्डू चबाते हुए, शिब्बू बोले, ''अम्मा ने कहा था कि पंचायत की बैठक के बाद वे गुरु माँ और काकी माँ को घर ले जाएंगी। आपने तो घर देखा है, पर गुरु माँ ने नहीं। थोड़ी देर में आतीं होंगी। अम्मा ने उनके लिए दही–पोहे का नाश्ता तैयार किया है। चाचीजी, अम्मा आपको भी बुलातीं, पर फिर मास्टराइनजी यहाँ अकेली रह जातीं। अम्मा ने कहा वह ठीक नहीं होगा। अम्मा को शायद डर था कि कोई रावण आकर मास्टराइनजी का हरण कर लेगा। गुरु माँ और काकी माँ आप दोनों के लिए नाश्ता लेकर आएंगी।''

बिन्दू चाची: ''लेकिन काकी माँ के कहने पर हम ने तो यहाँ खाना तैयार किया हुआ है।''

शिब्बू: ''तो आप नाश्ता और खाना दोनों खा लीजिएगा। ऐसे सौभागी दिन तो कम ही आते हैं, चाचीजी।''

''भैया,'' राधा की आवाज धीमे से आई।

शिब्बू बाएं घूमे। ''क्या बात, मास्टराइनजी?''

हाथ में कैंची लिए राधा खड़ीं थीं।

शिब्बू: ''यह औजार किस लिए, मास्टराइनजी?''

कैंची से राधा ने अपनी पहनी नीली साड़ी के पल्ले से एक पतली कत्तर काटी, और कैंची बगल तिपाई पर रख दी। ''दाहिना हाथ आगे करो, भैया।''

शिब्बू के हाथ आगे करने पर राधा ने कत्तर कलाई पर बांध दी, और बोलीं, ''मैंने राखी बांध दी है। मेरे पास काकी माँ हैं, गुरु माँ हैं, चाची हैं, चाचा हैं, बहनें हैं, पर अब तक भैया नहीं थे। मैं आपको 'भैया' कहती आई हूँ, पर अब मन से, वचन से, और कर्म से क्या मेरे भैया बनोगे?''

शिब्बू: ''आपने पहले राखी बांध दी, और फिर सवाल पूछा।''

राधा: ''हाँ, मैं ने राखी इसलिए पहले बांधी कि आप मना नहीं कर सको।''

शिब्बू: ''आप ने तो खूब व्यूह रचा।''

राधाः ''जबाब दो। मेरे भैया बनोगे?''

शिब्बू ने सिर ऊपर—नीचे हिलाया।

''तो मेरी एक शंका दूर करो, भैया।'' राधा के आँसू बहने लगे।

शिब्बूः ''क्या?''

राधाः ''यह पंचायत की बैठक मेरी जाति की वजह से हुई थी न?''

शिब्बू ने सिर फिर ऊपर—नीचे हिलाया।

राधाः ''मान लो, एक दिन सबको यह मालूम चल जाए कि मुझे जन्म देने वाले माता—पिता कौन थे . . .''

शिब्बूः ''मास्टराइनजी, आप रुक क्यों गईं? बोलिए। रोईए मत।''

राधाः ''मान लो, उन माता—पिता की वह जाति हुई जिसे लोग नीची मानते हैं।''

शिब्बूः ''तो?''

राधाः ''क्या . . . क्या आप के भैया मुझ से अपना मुँह तो नहीं मोड़ लेंगे?''

शिब्बूः ''कैसी बात कर रहीं, मास्टराइनजी, आप? ऐसा सोचिए भी मत। भैया ऐसा कभी नहीं कर सकते।''

राधाः ''क्यों नहीं कर सकते? अगर मेरी वजह से रिश्तेदारों ने, जानने वालों ने, पड़ौसियों ने, दुकान और घर

में आना–जाना बन्द कर दिया, सम्बन्ध तोड़ दिए, तो आप
के भैया मुझ से अपना मुँह क्यों नहीं मोड़ सकते?''

शिब्बू: ''मैंने एक बार आपसे कहा था कि आप भैया
की नाक–नकस खास नहीं समझें। उनका दिमाग भी आप
खास नहीं समझें। उनमें इतना दिमाग नहीं कि वे कभी सोच
भी सकते हैं कि आपसे मुँह मोड़ें। एक बार आपसे शादी
कर ली तो जिन्दगी भर याद रखेंगे। मास्टराइनजी, अगर
चोरी–डकैती करो तो दो–चार–दस साल की कैद हो जाती
है। शादी करो तो मरने तक की कैद हो जाती है। मैंने सुना
है कि इसलिए शादी को दुनिया का सबसे बड़ा जुर्म माना
जाता है।''

राधा: ''जुर्म!''

शिब्बू: ''जिन्दगी में खांसी, जुकाम और शादी करीब–करीब
सभी को झेलने पड़ते हैं। बड़े–बूढ़े कहते हैं कि शादी करो
या अकेले रहो, बुढ़ापे में सब पछताते हैं। जब पछताना ही
है तो जिससे शादी करो उसी के साथ रहो और निभाओ।''

राधा: ''मैं आपका मतलब समझी नहीं, भैया।''

शिब्बू: ''मेरा एक दोस्त है। जब उसकी शादी हुई, तो
बीबी ने कहा था, 'मैं आपकी आज्ञाकारिणी बनूंगी।' पर उल्टा
हुआ। वह बीबी का आज्ञाकारी बन गया है। अब कबड्डी नहीं
खेल सकता। 'क्यों जी, अगर चोट लग गई तो?' बीबीजी
कहतीं हैं। उसे रोज सुबह तड़के नहाना पड़ता है। 'क्यों
जी, आप अभी तक नहाये नहीं?' अपना कुरता रोज बदलना
पड़ता है। 'क्यों जी, आपने कल वाला कुरता पहन लिया?'

टूटी चप्पल की मरम्मत फौरन करवानी पड़ती है। 'क्यों जी, आप टूटी चप्पल में बाहर जाओगे?' एक जमाना था वह दस इमरती फुरती से खा सकता था, पर अब एक भी नहीं खा पाता। "क्यों जी, अगर मीठे की बीमारी हो गई तो?' हम बाकी दोस्तों को उस की हालत पर रोना आता है। पर वह 'क्योंजी भाभी' का कैदी बन चुका है। इसी तरह भैया आपके कैदी बन जाएंगे।''

राधाः ''तो जाओ और अपने भैया से पूछ कर आओ।''

शिब्बूः ''क्या पूछना होगा?''

राधाः ''जो मैंने आप से पूछा है।''

शिब्बूः ''मास्टराइनजी, मुझे ऐसा करने को मत कहिए। बिरजू भैया को बुरा लगेगा कि आप उनपर विश्वास नहीं करतीं। भैया और मुझ पर जब अम्मा नाराज होतीं हैं तो हमारी खाल उधेड़ने की धमकी देतीं हैं। पर उन्होंने आज तक हम दोनों पर कभी हाथ नहीं उठाया, बस धमकी ही देतीं हैं। अगर अम्मा को मालूम चल गया कि मैं ऐसा सवाल लेकर भैया के पास गया था, तो सच मेरी खाल उधेड़ देंगी। फिर मैं कहाँ जाऊँगा अपनी खाल सिलवाने? मुझ पर दया करिए, मास्टराइनजी।''

राधाः ''भैया, मेरी आँखों से देखो।''

शिब्बूः ''क्या?''

राधाः ''मैंने तो अपने माता–पिता से नहीं कहा था कि मुझे जन्म दें। मेरा जन्म ही तो मेरा कसूर था क्योंकि मुझे

जन्म देते ही उन्होंने अपने मुँह मुझ से मोड़ लिए। तब मुझे गुरु माँ की शरण मिली। पर अगर कभी आपके भैया ने मेरी जाति मेरा कसूर समझा, तो मुझे गंगा माँ की शरण लेनी होगी।''

शिब्बूः ''ऐसा मत कहिए, मास्टराइनजी।''

राधाः ''भैया, अगर आप नहीं गए तो . . . तो . . . तो . . .''

शिब्बूः ''तो क्या, मास्टराइनजी?''

राधाः ''तो . . . तो . . . आज मैं चाची और गुरु माँ के साथ हरिद्वार लौट जाऊँगी। फिर मैं वापस नहीं आऊँगी।''

शिब्बूः ''ऐसा मत करिएगा, मास्टराइनजी। मैं तो कब से आस लगा रहा हूँ कि जब आप भाभी बन जाएंगी, तो अपको जिन्दगी भर का ठेका दे दूंगा।''

राधाः ''कैसा ठेका?''

शिब्बूः ''हर पूर्णमासी को बिरजू भैया और मेरे लिए हलवा बनाने का।''

''शिब्बू, बेटे।'' यह आवाज बिन्दू चाची की थी।

शिब्बूः ''जी, चाचीजी।''

बिन्दू चाचीः ''जब तुम्हारी पंचायत की बैठक हो रही थी, और राधा और मैं यहाँ खाना बना रहीं थीं, राधा ने मुझे सब बता दिया। यह बात तुम ने शुरु करी थी।''

शिब्बू: ''वह तो इसलिए, चाचीजी, कि पहले तो मेरे लिए जिन्दगी भर का हलवे का इन्तजाम हो जाएगा, और दूसरा आजकल बिरजू भैया दुकान के हिसाब में बहुत गलती करने लगे हैं। मालूम नहीं क्यों। स्कूल में तो हिसाब सीखा था, पर अब भूल गए हैं। मास्टराइनजी बच्चों को पढ़ातीं हैं ही। अगर मास्टराइनजी की शादी भैया से हो जाती है, तो भैया को हिसाब सिखा सकतीं हैं।''

बिन्दू चाचीः ''शिब्बू बेटे, तुम कुछ भी कह लो, पर अब बच नहीं सकते। मैं मानती हूँ इसका सवाल तुम्हारे भैया को बुरा लग सकता है। पर जैसा तुम्हारी मास्टराइन कह रही है, वैसा करो। जब तुमने ओखली में सिर दे ही दिया, तो अब मूसलों से क्यों डर रहे हो?''

शिब्बू: ''मैंने ओखली में सिर नहीं दिया, चाचीजी। मैं तो हलवे से भरे कटोरे में मुँह दे रहा था। आप कहतीं हैं तो जाता हूँ , पर मेरे साथ अन्याय हो रहा है, घोर अन्याय।''

''भैया,'' राधा बोलीं।

शिब्बू: ''अब क्या, मास्टराइनजी?''

राधाः ''पर इस बार कोई कहानी मत बनाना।''

शिब्बू: ''कौन सी कहानी?''

राधाः ''भैया, आप कहानी बहुत बनाते हो। उस दिन आपने जो कहानियाँ मुझे बढ़ा–चढ़ाकर सुनाई थीं, वो आज सुबह मैंने यहाँ चाचीजी को सुना दीं।''

शिब्बू: ''कौन सी कहानियाँ?''

राधाः ''ओझा भाभी, पराँवठा भाभी, हिटलर भाभी।''

शिब्बूः ''यह क्या कर दिया, मास्टराइनजी, आपने? मेरा नाम मिट्टी में मिला दिया।''

राधाः ''वो कहानियाँ कितनी सच थीं?''

शिब्बूः ''थोड़ी–थोड़ी सच थीं।''

राधाः ''वो थोड़ी–थोड़ी सच से भी कम सच थीं, भैया। मैंने काकी माँ से पता लगा लिया है। वे सब खबर रखतीं हैं। आप दोस्तों में से एक की पत्नी को दौरा पड़ता था। आप सब मिलकर उनको कई बार डॉक्टर के पास हरिद्वार ले जा चुके थे। फायदा नहीं हो रहा था। एक बार वे बोल पड़ीं कि शायद उनपर किसी देवी का प्रकोप है। किसी ओझा को बुलवाकर झड़वा दें। तो उनका नाम 'ओझा भाभी' पड़ गया। सच?''

शिब्बूः ''जी।''

राधाः ''और एक हैं जिन्होंने एक दिन सुबह अपने पति से कहा कि उनका एकादशी का व्रत है। दोपहर उनको पड़ौसिन से मालूम चला कि एकादशी तो अगले दिन है। सुबह का बना पराँवठा और पिछली रात की बनी सब्जी लेकर वे खाने लगीं। तब उन के पति आप लोगों के साथ घर पहुँच गए। पति बोले, 'व्रत तोड़ दिया, क्या?' और आप सब ने उनका नाम 'पराँवठा भाभी' रख दिया। सच?''

शिब्बूः ''जी।''

राधा: ''आपके एक दोस्त आप सब को एक शाम अपने घर ले गए। उनकी पत्नी ने उनसे कहा, 'आप जब जा रहे थे, मैंने आपको कई बार आवाज लगाई, पर आप रुके नहीं। मुझे टमाटर मँगाने थे।' वे बोले, 'मैंने सुना नहीं।' आप में से एक ने कहा, 'भाभी, ये आप से डर कर भाग गए थे।' फिर उनका नाम 'हिटलर भाभी' हो गया। सच?''

शिब्बू: ''मास्टराइनजी, मैं भैया से कह दूंगा आपसे कुछ छिपाएं न। आप सब पता लगा लेंगी। आपको तो पुलिस के खूफिया विभाग में काम करना चाहिए था। आप सभी रहस्यों का खुलासा जल्दी कर देतीं, और कुछ ही दिनों में सबसे बड़ी अफसर बन जातीं।''

''और, शिब्बू बेटे, तुम ऐसी कहानी बनाते हो कि तुम्हें तो किसी अखबार में काम करना चाहिए था। कुछ ही दिनों में तुम सबसे बड़े पत्रकार बन जाते,'' बिन्दू चाची हँस कर बोलीं।

शिब्बू: ''चाचीजी, किसी को खुश करने के लिए कई बार झूठ बोलना पड़ता है। मेरे एक दोस्त की बीबी खूब अच्छी–खासी स्वस्थ हैं। उन्हें देखकर कोई भी कह सकता है कि वे खाते–पीते घर की हैं। उन्हें नहीं पता था कि उनकी पीठ पीछे हम दबी आवाज में उन्हें 'भीम भाभी' कहते थे। एक दिन वे अपने आदमी से बोलीं, 'बताईए जी, क्या मैं इस साड़ी में मोटी लगती हूँ?' उस की समझ में नहीं आया क्या कहे। उलझन में बोल गया, 'इस में क्या, तुम तो सब साड़ी में मोटी लगती हो।' उसने जब हमें बताया उसकी हालत क्या हुई, तब हमारे रोंगटे खड़े हो गए।''

बिन्दू चाचीः "क्या तुम लोगों ने कुछ नहीं किया?"

शिब्बूः "हम सब दोस्त उस के साथ उस के घर गए। बारी-बारी से उस की बीबी की तारीफ की। 'वाह, वाह, भाभी, वाह, वाह।... आज तो बहुत अच्छी लग रही हो।.. पर यह क्या?... ठीक तरह खाना नहीं खा रही हो? ... यह आपके मरद है न, यह कहना चाहते थे कि आप किसी भी साड़ी में मोटी नहीं लगती हो, पर गलती से उल्टा बोल गये। हम से कह रहे थे कि इन्हें फिकर हो रही है कि आप दिन पर दिन पतली होती जा रही हो। ऐसी पतली होतीं रहीं तो सींक बन जाओगी।' उनके सामने अब हम उन्हें 'सींक भाभी' के नाम से बुलाने लगे हैं। बड़ी खुश होतीं है।"

बिन्दू चाचीः "तुम लोगों के झूठ से अगर वे खुश हो जातीं हैं, तो इसमें कोई दोष नहीं।"

शिब्बूः "पंडितजी कहते हैं कि वेद में लिखा है, 'अप्रियम् सत्यम् न वद'। मैं सोचता हूँ यह भी लिखा होना चाहिए था, 'प्रियम् असत्यम् वद'। चाचीजी, उस दिन मास्टराइनजी उदास लग रहीं थीं। मैं इनको खुश करने के लिए कहानी सुना रहा था।"

बिन्दू चाचीः "तो बेटे, जाओ और ऐसा जबाब लाओ कि तुम्हारी मास्टराइन खुश हो जाए।"

"भैया," राधा ने कहा, "अपना दाहिना हाथ मेरे सिर पर रखो।"

शिब्बूः "क्या आपके सिर में दर्द हो रहा है?"

राधाः "सिर पर हाथ रखो।"

शिब्बू ने अपना दाहिना हाथ राधा के सिर पर रख दिया। "अब क्या करना है, मास्टराइनजी?"

"कसम खाओ कि जो भी जवाब आपके भैया देंगे, उसको आप वैसा का वैसा मुझे आकर सुना दोगे। उसमें कुछ बदलोगे नहीं। मेरे भैया बन चुके हो, अब झूठी कसम नहीं खा सकते।" राधा के आँसू रुक नहीं रहे थे।

शिब्बूः "आप बहुत ज्यादती करतीं हैं, मास्टराइनजी। रोकर अपनी बात मनवा लेतीं है। मुझे तो अपने पर बड़ी दया आ रही है।"

राधाः "कसम खाओ, भैया।"

"कसम खाता हूँ। पर अगर मैं जिन्दा नहीं लौटा, तो मेरे लिए एक मकबरा बनवा दीजिएगा। पूर्णमासी को जब आप भैया के लिए हलवा बनाएंगी, तो एक चुटकी हलवा मेरे मकबरे पर रख दिया करिएगा। अब संकट–मोचन हनुमान्जी ही मेरे ऊपर आए संकट से मुझे उबारेंगें। जय बजरंग बली।" शिब्बू चल दिए।

7

दो घन्टे बाद शिब्बू लौटे। गुरु माँ और काकी माँ तख्त पर बैठीं हुईं थीं। शिब्बू ने उनके पैर छुए।

बगल के कमरे से बिन्दू चाची आईं। "तो हनुमान्‌जी ने तुम्हारी रक्षा कर दी, बेटे?"

शिब्बू: "अभी तक तो रक्षा करी है, चाचीजी। आगे का मुझे मालूम नहीं।"

गुरु माँ ने कहा, "हमें तो हरिद्वार लौटना है। पहले तो तुम्हारी अम्मा ने नाश्ता खिलाया, और फिर यहाँ काकी माँ ने कहा कि बिना खाए वे जाने नहीं देंगी। आज तो ज्यादा हो गया। पर राधा ने मुश्किल से एक ही रोटी खाई। वह भी जब मैंने जबरदस्ती करी। पहले तो वह बाहर ड्राइवर का खाना ले गई। फिर यहाँ खाने के बरतन माँजने–धोने में लग गई। उसके बाद बेचैन इधर से उधर टहल रही है। मैंने इसे शान्त करने की बहुत कोशिश करी, पर कुछ फर्क नहीं पड़ा। इसकी चाची ने मुझे बता दिया तुम कहाँ गए थे। इसका सवाल तुम्हारे भैया को अच्छा नहीं लगा होगा। बोलो, क्या खबर लाए हो।"

राधा शिब्बू के पास आकर खड़ीं हो गईं। "भैया, मेरी आँखों में देखकर कहो। अगर आपने कुछ भी बदला तो मैं पहचान जाऊँगी।"

"मैं सभी देवी–देवताओं को हाजिर–नाजिर करके कहता हूँ कि मैं सच बोलूँगा, पूरा सच बोलूँगा, और सच के सिवाय कुछ नहीं बोलूँगा।" शिब्बू ने बायाँ हाथ अपने सिर पर रखा, और दायाँ हाथ राधा के सिर पर रख दिया। "बिरजू भैया ने मेरे सिर पर हाथ रखकर कसम खाई थी। अब मैं वह कसम अपने सिर से आपके सिर को भेज रहा हूँ। आपकी शंका निराधार है। जैसे मैंने कहा था, एक बार भैया आपके कैदी बन गए, वे हमेशा आपके कैदी रहेंगे। आप की जाति का सवाल उठता ही नहीं। भैया और आप की जाति एक हो जाएगी।" शिब्बू ने अपने हाथ सिरों से हटाए। "पर..."

राधाः "पर क्या, भैया?"

शिब्बूः "भैया ने आपको भी एक कसम खाने को कहा है।"

राधाः "कैसी कसम?"

शिब्बूः "कि आप... आप... अम्मा को कभी जबाब नहीं देंगी।"

राधाः "मैं समझी नहीं।"

शिब्बूः "भैया और मुझ पर, अम्मा अक्सर नाराज हो जातीं हैं। चाहें अम्मा गलत हों या ठीक, हम सुनते रहते हैं। कभी ऐसा जबाब नहीं देते, जो अम्मा को बुरा लगे।

अगर अम्मा भैया पर नाराज हो रहीं हो, तो भैया की तरफ से मत बोलिएगा। अम्मा शुरु करतीं हैं हम दोनों की खाल उधेड़ने की धमकी से। थोड़ी देर नाराज होने के बाद, अम्मा खत्म करतीं हैं यह कह कर, 'तुम दोनों तो मेरी जान लेकर छोड़ोगे।' फिर हम अम्मा से कुछ हँसी करते हैं। अम्मा सिर के ऊपर हाथ उठातीं हैं, और आसमान की तरफ देखकर ऐसा कुछ बोलतीं हैं, 'हे भगवान, इन दोनों भूतों का क्या करूँ मैं?' और अम्मा मुस्करा देतीं हैं।''

राधाः ''आप अम्मा को नाराज करते ही क्यों हैं?''

शिब्बू: ''करना पड़ता है। अगर किसी दिन अम्मा नाराज नहीं हों, तो हमें फिकर हो जाती है। क्या अम्मा हम से नाराज हैं, जो नाराज नहीं हुईं। तब भैया और मैं कोई बेकार की बहस शुरु कर देते हैं। अम्मा थोड़ी देर तो सुनतीं हैं। फिर हमें चुप रहने को बोलतीं हैं। नाराज हो जातीं हैं। भैया और मैं खुश हो जाते हैं कि अम्मा नाराज हो लीं। अब नाराज नहीं हैं।''

राधाः ''भैया, आप की बात समझ नहीं आई कि अम्मा नाराज नहीं हुईं तो अम्मा नाराज हैं, और अम्मा नाराज हुईं तो नाराज नहीं हैं।''

शिब्बू: ''मैं अम्मा के बारे में कुछ बताता हूँ। अम्मा का जन्म पास के भरोला गाँव में हुआ था। अम्मा जब कम उमर की थीं तब हमारे नाना–नानी गुजर गए थे। अम्मा के एक बड़े भाई थे। सत्रह साल बड़े। मामा–मामी के अपने बच्चे नहीं थे। उनकी आमदनी ज्यादा नहीं थी, पर उन्होंने बड़े प्यार से अम्मा को पाला। अम्मा को गुड़–मूँगफली की

चिक्की पसन्द थी। मामा अक्सर अम्मा को बाजार ले जाते और चिक्की दिलाते। हालाँकि मामी उमर में अम्मा से बड़ीं थीं, वे अम्मा को 'जीजी' कहतीं थीं। मामी कहतीं थीं कि ननद का नाम नहीं लिया जाता।''

राधाः ''ऐसा कहतीं थीं, आपकी मामी!''

शिब्बूः ''जब अम्मा बड़ीं हो गईं, तो मामा–मामी ने अम्मा का रिश्ता करवाया। अम्मा को शादी में देने के लिए साड़ी मामा–मामी खरीद नहीं पा रहे थे। मामी के पास अपनी शादी की जो साड़ियाँ थीं, वे सब मामी ने अम्मा को दे दीं। अम्मा ने बहुतेरा मना किया, पर मामी राजी नहीं हुईं। मामी ने कहा कि पीहर से अच्छी साड़ी के बिना नहीं जाओगी। मामी के पास सोने की दो पतली चूड़ी थीं। उन्होंने दोनों चूड़ी अम्मा के हाथों में जबरदस्ती पहना दीं।''

राधाः ''भैया, आपकी मामी बड़े दिल की थीं।''

शिब्बूः ''हमारे बचपन में जब पिताजी गुजरे, तो दुकान का कुछ कर्जा छोड़ गए थे। अम्मा ने दुकान सम्भाली और घर सम्भाला। हर डेढ़–दो महीनों में मामा और मामी एक–आध दिन के लिए आते थे। उनका सहारा मिलता। मामा हमेशा अम्मा के लिए चिक्की लाते। भैया और मैं खाते। मामा घोड़ा बनते। भैया और मैं सवारी करते। जब तक मामा और मामी घर में रहते, अम्मा बड़ी खुश रहतीं, चहकतीं रहतीं। फिर मामा का स्वर्गवास हो गया, और एक महीने बाद मामी का।''

राधाः ''तो अम्मा के सहारे नहीं रहे।''

शिब्बूः ''हमारे मुश्किल के दिन थे। सुबह से रात, दुकान और घर का काम करते, अम्मा थक जातीं थीं। पर अम्मा ने कभी शिकायत नहीं करी। अगर रोईं होंगी तो अकेले में। भैया और मेरे सामने कभी नहीं। समय–समय हम पर नाराज होतीं थीं। पर सब्जी कम होने पर, सारी सब्जी हमें दे देतीं। खुद सूखी रोटी अचार के साथ खा लेतीं। अपने स्वेटर उधेड़कर हमारे स्वेटर बुन देतीं। अम्मा को जब ठंड लगती तो हमें स्वेटर पहना देतीं। खुद ठंड में ठिठुरतीं, पर हमें ठंड नहीं लगने देतीं। हम यह बात तब समझते नहीं थे। हम दोनों बड़े शरारती थे।''

''शरारती तो तुम दोनों अब भी हो,'' काकी माँ बोल पड़ीं।

शिब्बूः ''मास्टराइनजी, काकी माँ ठीक कह रहीं हैं कि हम शरारती अब भी हैं, पर अब हम शरारत न करें तो हमारी मुसीबत आ जाती है। अम्मा पूछतीं हैं कि क्या बात है। तबीयत तो ठीक है? सिर में दर्द है? हरारत है? गला खराब है? छाती भारी है? दाँत किटकिटा रहे हैं? हमारे कुछ कहने से पहले वे भिगौने में पानी भरतीं हैं। उस में काली मिर्च, गुड़, दालचीनी, सौंफ, तेजपत्ता, अदरक, तुलसी, नीम, और जाने क्या–क्या मिलातीं हैं। उसे खूब उबालतीं हैं।''

राधाः ''फिर . . .

शिब्बूः ''फिर भैया और मेरे सामने अपनी छड़ी लेकर खड़ीं हो जातीं हैं और कड़क कर बोलतीं हैं, 'इसे चुपचाप पीलो।' हम गटक जाते हैं। अम्मा उसे जुशान्दा कहतीं हैं। शिवजी ने भी इतना तेज हलाहल नहीं पिया होगा। हमारे

आस–पास के सब जीव–जन्तु मर जाते हैं। हमारे मुँह, नाक, और कानों से धूआँ निकलने लगता है। आँखों में लपटें फड़कतीं हैं। सिर के बाल खड़े हो जाते हैं। गला और छाती धौंकनी की तरह बजने लगते हैं। ठंडा होने के लिए गाँव के बाहर तालाब में डुबकी लगानी पड़ती है। तालाब का पानी इतना गरम हो जाता है कि उस में से भाप उठने लगती है। अगर युधिष्ठिर ने दुर्योधन और कौरव योद्धाओं को अम्मा का जुशान्दा पिला दिया होता, तो सारे कौरव हस्तिनापुर छोड़कर भाग गए होते। अम्मा के उस जुशान्दे पीने से तो अच्छा है भैया और मैं शरारत करें, और अम्मा को नाराज कर उनकी घुड़की खालें।''

राधाः ''भैया, आप बड़े भाग्यवान हो आपको अम्मा मिलीं।''

शिब्बूः ''आप भी भाग्यवान हैं, मास्टराइनजी। आपके पास काकी माँ हैं, गुरु माँ हैं, चाची हैं, चाचा हैं, तीन बहनें हैं। अब आप को अम्मा भी मिल जाएँगी। अम्मा नाराज आप पर भी जरूर होंगी। सुन लीजिएगा। पर खाना पहले आपको परोसेंगी, फिर खुद लेंगी। अम्मा का बनाया जुशान्दा आपको भी पीना पड़ेगा। किन्तु, थोड़ी देर पहले जैसा आपने अपना दिल कच्चा किया था, वैसा मत करिएगा।''

राधा ने बांया हाथ अपने सिर पर रखा, और दांया हाथ शिब्बू के सिर पर रख दिया। ''भैया, गुरु माँ ने हम लड़कियों को जबाब देना नहीं सिखाया। फिर भी, मैं कसम खाती हूँ कि मैं अम्मा को कभी जबाब नहीं दूंगीं। अगर दूँ, तो प्रभु मुझे दुनिया से उठा लें। जैसे आपने अपने भैया की कसम मुझ तक पहुँचाई, उसी तरह मेरी कसम अपने भैया तक पहुँचा देना।''

''मास्टराइनजी, भैया ने कसम खाई, मेरे सिर पर हाथ रखकर। आपने कसम खाई, मेरे सिर पर हाथ रखकर। मुझे गाँव में ऐलान कर देना चाहिए कि जिसको भी कोई कसम खानी हो, वह मेरे सिर पर हाथ रखकर कसम खा सकता है। बदले में मेरे सिर का किराया देना होगा। कुछ आमदनी हो जाएगी।'' शिब्बू दाहिने ओर मुड़े और गुरु माँ से बोले, ''मास्टराइनजी ने आपको एक खबर देने का मुझे मौका ही नहीं दिया। यहाँ लौटते समय, मैं पंडितजी से मिलता आया था। उन्होंने विवाह का मुहूर्त निकाल दिया है। दस दिन में है। उन्होंने अम्मा को सन्देश भिजवा दिया था। मैंने पंडितजी से पूछा कि बिना मास्टराइनजी की कुंडली, उन्होंने मुहूर्त कैसे निकाला। उन्होंने जबाब दिया कि ऐसी परिस्थिति में एक अन्य विधि है। पंडितजी ने शायद लॉटरी से मुहूर्त निकाला है।''

गुरु माँः ''कुल दस दिन में तैयारी कैसे होगी?''

काकी माँः ''तैयारी के लिए दिन काफी हैं। आप आज राधा को अपने साथ ले जाओ। दो–तीन दिनों में ले आना। राधा मेरे साथ छः महीने रही है। शादी यहाँ मेरे घर से हो जाएगी। गाँव में राधा का मायका मेरे पास होगा, और हरिद्वार में आपके पास।''

दरवाजे से एक आवाज आई। ''दीदी। दीदी।''

राधा दरवाजे की तरफ घूमीं और वहाँ लड़की से बोलीं, ''मेघा, तू क्या कर रही है इधर?'' फिर गुंरु माँ से कहा, ''यह तीसरी क्लास में है। नटखटों की नेता है।''

मेघा ने शरमाते हुए कहा, ''दीदी, बाहर खड़े सब बच्चे कह रहे हैं आप बिरजू चाचा की चाची बनने वाली हो।''

''बिरजू चाचा की चाची? बिरजू चाचा की चाची? यह ठीक है, बिलकुल ठीक है,'' शिब्बू फुरती से बोले। ''अबसे अगर बिरजू चाचा ने कुछ किया, जो बिरजू चाचा की चाची को पसन्द नहीं आया, तो बिरजू चाचा को मुर्गा बनना पड़ेगा। बिरजू चाचा पर दया करना। कुछ दिन बिरजू चाचा की चाची तुम्हारी क्लास नहीं लेंगी। तब तक वे बिरजू चाचा की क्लास लेंगी।''

''तो क्या तब तक स्कूल की छुट्टी होगी?'' मेघा ने उछल कर ताली बजाई।

शिब्बू ने भी उछल कर ताली बजाई। ''छुट्टी ही छुट्टी। मौज करना। पतंग उड़ाना। खूब खाना। खूब खेलना। गुल्ली डंडा। कबड्डी। खो खो। कंचे। पिट्ठू। खाने–खेलने को मुझे भी बुला लेना।''

''कोई छुट्टी–वुट्टी नहीं होगी,'' काकी माँ कड़े स्वर में बोलीं। ''तुम बच्चे उधम मचाकर सारा गाँव तबाह कर दोगे।''

मेघाः ''पर दीदी तो होंगी नहीं, हमें पढ़ाने को।''

''तो क्या हुआ?'' काकी माँ ने झट कहा। ''ये शिब्बू चाचा तुम्हें पढ़ाएंगे। मेघा, जा और बाहर खड़े बच्चों को यह कह दे।''

मेघा चली गई।

"क्या . . . क्या . . . क्या . . . कहा, क . . . क . . . काकी माँ?" शिब्बू हकबकाए।

काकी माँः "तूने अच्छी तरह सुना मैंने क्या कहा। पर अगर तू दोबारा सुनना चाहता है, तो सुनले। जब तक राधा स्कूल जाना शुरु नहीं करती, तू बच्चों को पढ़ाएगा।"

शिब्बूः "पर, काकी माँ, मुझे पढ़ाना नहीं आता। मुझे तो पढ़ना भी नहीं आता।"

काकी माँः "तो सीख लेना। राधा, बता दे इसको क्या पढ़ाना है। अगर मैं पढ़ी–लिखी होती, तो मैं ही बता देती। इसकी औंधी बातों पर ध्यान मत देना। सब्र रखना। यह तेरा दिमाग चाट जाएगा।"

राधाः "थोड़ा ही पढ़ाना होगा, भैया। बाकी मैं आकर सम्भाल लूंगी। पहली और दूसरी क्लास को गिनती सिखा देना।"

शिब्बूः "गिनती क्या होती है, मास्टराइनजी?"

राधाः "एक, दो, तीन, . . . "

शिब्बूः "एक, दो, तीन, . . . तीन के बाद क्या आता है, मास्टराइनजी?"

राधाः "चार।"

शिब्बूः "और उसके बाद?"

राधाः "पाँच। इस तरह सौ तक सिखा देना।"

शिब्बू: ''क्या मुझे यह सब याद रखना पड़ेगा? मेरा सिर फूट जाएगा।''

राधा: ''आप को यह सब याद होगा, भैया। आखिर, आप दुकान चलाते हो। तीसरी और चौथी क्लास को पहाड़े सिखा देना।''

शिब्बू: ''पहाड़े? वे क्या होते है?''

राधा: ''दो एकम् दो, दो दूनी चार, . . . ''

शिब्बू: ''उसे पहाड़े कहते हैं? मैं तो भूल ही गया था। जब भी मैं ने स्कूल में पहाड़े सुनाए, उसके बाद मुझे क्लास के पीछे खड़ा कर दिया जाता था––पहाड़े इतने भारी, जैसे बड़े पहाड़। याद करते करते, टूटें मुँह के दाढ़।''

राधा: ''और थोड़ा गणित सिखा देना। गुणा, भाग, जोड़ना, घटाना।''

शिब्बू: ''मास्टराइनजी––गुणा कर देता मेरा कचूमर। भाग उतना ही खराब है। जोड़ने से लगता मुझको डर। घटाना बना देता कबाब है।''

राधा: ''पाँचवी–छठी को संस्कृत के कुछ शब्द–रूप और धातु–रूप याद करा देना।''

शिब्बू: ''बचपन में हम दोस्त कहा करते थे, 'शब्द–रूप धातु–रूप बड़े बेबफा हैं। शाम को रटो तो सुबह को सफा हैं। क्लास में बैठो तो मास्टर खफा हैं। इम्तहान में बैठो तो नम्बर दफा हैं।' शब्द–रूप और धातु–रूप रटने से

संस्कृत बोलनी तो आती नहीं, मास्टराइनजी । हम दोस्त यह भी कहते थे, 'रटम् रटे रटानि। संस्कृत बोलनी नहीं आनी। आनी तो भूल जानी।' जब मुझे ही शब्द–रूप और धातु–रूप याद नहीं रहते, तो बच्चों को कैसे याद कराऊँगा?''

राधाः ''ठीक हो या गलत? शब्द–रूप और धातु–रूप याद करके ही संस्कृत पढ़ाई जाती है, भैया।''

शिब्बूः ''मेरी तो मुसीबत आ गई।''

''मुसीबत हो या न हो, तुझे बच्चों को पढ़ाना है,'' काकी माँ ने जोर से कहा।

शिब्बूः ''पाय लागूँ, काकी माँ। किसी और को पढ़ाने को कह दो। पढाई–लिखाई में भैया मुझसे अच्छे हैं। मैं उनसे कह देता पढ़ाने को, पर वे खुद मुसीबत में हैं।''

काकी माँः ''क्या मुसीबत है, बिरजू पर?''

शिब्बूः ''आपने नहीं सुना, काकी माँ?

काकी माँः ''क्या नहीं सुना?''

शिब्बूः ''उनकी बलि चढ़ने वाली है।''

काकी माँः ''कैसी बलि?''

शिब्बूः ''उन्हें दूल्हा बनना है।''

''तुझे बच्चों को पढ़ाने को कहा है, तू पढ़ा,'' काकी माँ सख्ती से बोलीं।

शिब्बूः ''मास्टराइनजी, पहले आपने मेरी मुश्किल करी मुझे भैया के पास भेजकर, और अब काकी माँ ने मुश्किल कर दी पढ़ाने का काम देकर। आज मेरे ग्रह खराब हैं। मुझे तो अभी भी डर है कि अगर अम्मा को पता चल गया मैं आपका सवाल लेकर भैया को पास गया था, तो मेरा क्या होगा।''

राधाः ''आप डरें नहीं भैया। कुछ नहीं होगा।''

शिब्बूः ''मुझे तो लगता है कुछ होने वाला है।''

राधाः ''कैसे?''

शिब्बूः ''आप 'खटखट—खटखट' की आवाज सुन रहीं हैं?''

राधाः ''हाँ। क्या बात है उस में?''

शिब्बूः ''वह अम्मा की लाठी की आवाज है। अम्मा आ रहीं हैं। और वे गुस्से में हैं।''

राधाः ''कैसे मालूम?''

''जब अम्मा शान्त चलतीं हैं, तो लाठी की आवाज होती है 'खट—खट—खट'। पर जब गुस्से में चलतीं हैं, तो आवाज होती है 'खटखट—खटखट'। यह लाठी की आवाज गुस्से वाली है। मैं भाग लूँ यहाँ से।'' शिब्बू तेजी से मुड़े और दरवाजे की तरफ चले। दरवाजे पर पहुँचे तो देखा अम्मा वहाँ खड़ीं थीं।

''कहाँ चला तू?'' अम्मा ने ऊँची आवाज में कहा।

शिब्बूः ''दुकान। भैया वहाँ अकेले हैं।''

अम्माः ''खड़ा रह यहीं। तेरा भैया दुकान बन्द कर के घर आ गया है। वह उदास बैठा है। मेरे पूछने पर कुछ नहीं बता रहा था। जब मैं ने लाठी घुमाई, तब उसने बताया। जानता है, वह घर क्यों आया?''

शिब्बूः ''भैया की तबीयत खराब है।''

अम्माः ''उसकी तबीयत खराब किसने करी?''

शिब्बूः ''मुझे नहीं मालूम। अम्मा, भैया के लिए जुशान्दा बना दीजिए।''

अम्माः ''उसकी तबीयत तूने खराब करी।''

शिब्बूः ''मैंने?''

अम्माः ''हाँ, तूने।''

शिब्बूः ''कैसे?''

अम्माः ''ऐसा बेढंगा सवाल लेकर तू क्यों गया उसके पास? जी में आ रहा है, इस लाठी से मार–मार कर तेरी खाल उधेड़ दूँ।''

शिब्बूः ''अम्मा, मुझे मारना शास्त्रों के खिलाफ होगा।''

अम्माः ''तू मुझे कब से शास्त्र पढ़ाने लगा?''

शिब्बूः ''अम्मा, याद है पिछले साल जब रामचरितमानस की कथा हुई थी। रावण ने हनुमान्जी को मारना चाहा। तब विभीषणजी ने रावण को समझाया कि हनुमान्जी दूत हैं। दूत को मारना गलत होता है, क्योंकि 'नीति बिरोध न

115

मारिअ दूता'। मैं तो भैया के पास गया था मास्टराइनजी का दूत बनकर।''

''तू ऊत कब से दूत बनने लगा?'' अम्मा राधा की तरफ घूमीं। ''क्यों, री, तूने मुँह मोड़ने वाला सवाल क्यों पुछवाया? पूछना था, तो मुझ से पूछती। जी में आ रहा है, तेरी भी खाल उधेड़ दूँ। कान खोल कर सुन ले। एक बार तू घर में आ गई, तो कोई तुझ से मुँह नहीं मोड़ सकता। न ही जीते जी, तू मुँह मोड़ सकती है। घर से मुँह तू तब मोड़ेगी जब तेरे बाल सफेद हो जाएंगे, चेहरे पर झुर्री पड़ जाएंगी, दाँत गिर जाएंगे, हाथ–पैर काम करना बन्द कर देंगे, और तेरे बेटे–पोते तेरी अर्थी निकालेंगे। समझी?''

''अम्मा, मैं घबड़ाई हुई थी।'' राधा अम्मा के पैरों में झुक गईं। ''शिब्बू भैया तो नहीं जा रहे थे। मैंने जिद की, तब गए। मुझे माफ कर दीजिए।''

अम्मा ने राधा को उठाया। ''अगर तुझे और कुछ पूछना है, तो अभी पूछ ले।''

राधाः''नहीं, अम्मा।''

अम्मा ने गहरी सांस ली, राधा का सिर थपथपाया, और गले लगाया। ''तू तो मेरी जान लेकर छोड़ेगी।''

''भुवनेश्वरीजी,'' गुरु माँ बोलीं, ''राधा आदमी–औरतों के परिवार में नहीं रही है। इसे बहुत कुछ सीखना है। इसे एक साल की मोहलत दे दीजिए। अगर उसके बाद यह कोई ऐसी गलती करे, तो आप मुझे खबर भेज दीजिएगा, और कुछ मत करिएगा। मैं आकर इसकी खाल उधेड़ दूंगी।''

काकी माँ हँसीं। "इसकी खाल तो मैं भी उधेड़ सकती हूँ।"

बिन्दू चाची ने राधा को अपनी बाहों में लिया। "तेरी खाल उधेड़ने में मैं ही क्यों पीछे रहँवा।"

अम्माः "स्वामीजी, मैं तो आपके हरिद्वार ले जाने के लिए खाना बना रही थी। इतने में बिरजू घर आ गया, और खाना छोड़कर मुझे यहाँ आना पड़ा। मुझे वापस घर जाना है।"

गुरु माँः "खाने की क्या जरूरत है। हम हरिद्वार पहुँच कर खाना बना लेंगी।"

अम्माः "स्वामीजी, आप मेरी समधन बनने वाली हो। ऐसा नहीं हो सकता आप मेरे घर से थकी जाओ, और हरिद्वार पहुँच कर खाना बनाओ या बेटियों से बनवाओ। वे अब मेरी बेटियाँ भी तो बन जाएंगी। बेटियाँ पूछेंगी, क्या हुआ? उनको बताओगी, या उनसे खाना बनवाओगी। मैं ज्यादा नहीं बना रही। बस कुछ कचौड़ी और सब्जी। आप दोनों, राधा के चाचा, राधा, और राधा की तीनों बहनें सब मिलकर खाना।"

अम्मा ने बिन्दू चाची की ओर देखा। "सुबहरे आप गाँव आईं, पर अभी तक आपका घर आना नहीं हुआ। आप भी तो मेरी समधन बनने वाली हो। चलो मेरे साथ घर चलो। इसके बिना मैं आपको हरिद्वार जाने नहीं दूंगी। कचौड़ी चख कर बताना क्या उसकी पिट्ठी में मसाला ठीक है। और उस बुद्धु बिरजू को थोड़ा समझा भी देना। उस की अकल पर तो पत्थर पड़ गए हैं।"

फिर अम्मा ने शिब्बू की तरफ देखा। "तू फिलहाल यहीं रह। अगर तू मेरे साथ चला, तो तू चखचख करता रहेगा, मेरा ध्यान बँट जाएगा, और खाना बनाने में मुझे देरी हो जाएगी। थोड़ी देर में खाना लेने घर आ जाना। मैं तब तक खाना एक कनस्तरी में रख दूंगी। तेरी बिन्दू चाची और मैं भी तेरे साथ आएंगी। मुझे सबकी बिदाई करनी है।"

अम्मा और बिन्दू चाची चलीं गईं। थोड़ी देर तक अम्मा की लाठी की आवाज 'खट–खट–खट' सुनाई देती रही।

शिब्बू ने अपने कन्धे हिलाए और नाचने लगे। "बधाई हो, मास्टराइनजी, बधाई हो।"

राधाः "क्या बात, भैया?"

शिब्बूः "आपने बहुत ही अच्छा किया।"

राधाः "कैसे, भैया? मैंने तो शुरु में ही अम्मा को नाराज कर दिया।"

शिब्बूः "मास्टराइनजी, अम्मा, गुरु माँ, काकी माँ, चाचीजी, सभी आपकी खाल उधेड़ने को तैयार हैं। आप खुश नसीब हैं। अभी तक तो खाल उधेड़नी की धमकी अम्मा केवल भैया और मुझे देतीं थीं। अब आपको भी दे दी। अम्मा ने आपको अपना लिया है। आपको बस जुशान्दा पीना रह गया है। जब मैं आपका हरिद्वार के लिए खाना लेकर आऊँगा, तो अम्मा से कहकर आपके लिए जुशान्दा भी ले आऊँगा। आप पी लीजिएगा। आपको गुरु माँ की मोटर कार में नहीं जाना पड़ेगा। आकाश मार्ग से आप हरिद्वार पहुँच जाएंगी, और गंगाजी में स्नान करने लगेंगी।"

राधा हँसी। ''नहीं, भैया, कुछ मत लाना।''

शिब्बू: ''अच्छा है, अब आप हँस रहीं हैं।''

राधा: ''पर, भैया, एक बात है।''

शिब्बू: ''क्या?''

राधा: ''अम्मा ने तो मुझे माफ कर दिया। मेरी तरफ से अपने भैया से माफी माँग लेना। मैंने उनको भी नाराज कर दिया।''

शिब्बू: ''ऐसा मत सोचिए, मास्टराइनजी। आप के हरिद्वार जाने के बाद पहले तो भैया पर अम्मा गुस्सा करेंगी। 'क्या तू छुई–मुई बन गया है? उस बेचारी के मन में कोई सवाल था, तभी तो उसने पूछा।' हाँ, उस समय अम्मा आप को 'बेचारी' बना देंगी। फिर शाम को भैया की पसन्द का खाना बनाएंगी।''

राधा: ''क्या?''

शिब्बू: ''ऐसा ही कुछ बना देंगी। धुली मूंग की खड़ी दाल बनाएंगी। आलू भूनेंगी। जीरा, जखिया, राई, मिर्च का छौंक लगाएंगी। इमली की चटनी बनाएंगी। नरम–नरम गोल फुल्के सेकेंगी। उनमें घी लगाएंगी। अगर आपने सवाल नहीं पूछा होता, तो भैया उदास नहीं हुए होते। अगर भैया उदास नहीं हुए होते, तो अम्मा उनपर गुस्सा नहीं करतीं। अगर अम्मा गुस्सा नहीं करतीं, तो शाम को ऐसा चमाचम खाना नहीं बनातीं। शाम का खाना सोचकर, मेरे मुँह में तो क्या, आँखों में भी पानी आ रहा है। ऐसे खाने से भैया खुश

हो जाएंगे। मैं भी खुश हो जाऊँगा। इसलिए, मास्टराइनजी, आपने भैया से सवाल पुछवा कर अच्छा किया। अन्त भला तो सब भला।''

''भैया, आप की हो जाए और भलाई, इसलिए मैं कुछ लाई।'' राधा तेजी से बगल रसोई में गईं। लौटीं तो उनके हाथों में एक कटोरी और चम्मच थीं।

शिब्बूः ''यह क्या, मास्टराइनजी?''

राधाः ''थोड़ी खीर है, भैया। आपके लिए।''

''क्योंरी, तूने खीर खाई नहीं?'' काकी माँ ने पूछा।

''भैया के लिए रख दी थी, काकी माँ,'' राधा ने कहा। ''लो, भैया, मुँह खोलो।''

शिब्बू के मुँह खोलने पर, राधा ने एक चम्मच खीर शिब्बू के मुँह में रख दी। शिब्बू ने धीरे–धीरे खीर जीभ पर घुमाई। अपना दाहिना हाथ बांई कलाई पर रख दिया, और उस पर गौर करने लगे।

राधाः ''क्या कर रहे हो, भैया?''

शिब्बूः ''अपनी नब्ज देख रहा हूँ।''

राधाः ''क्यों?''

शिब्बूः ''देख रहा हूँ कि मेरी नब्ज चल रही है या नहीं। अगर नहीं, तो इसके मायने है कि मेरा स्वर्गवास हो चुका है, और मैं स्वर्गलोक में यह खीर खा रहा हूँ। क्या मेरा स्वर्गवास हो चुका है, मास्टराइनजी?''

राधाः "नहीं भैया, आप का अभी भी पृथ्वीवास है।"

शिब्बूः "तो आप छुपी रुस्तम निकलीं।"

राधाः "कैसे?"

शिब्बूः "आपने नहीं बताया आप इतनी अच्छी खीर बनातीं हैं। मैंने आपको जिन्दगी भर हलवे का ठेका देने की बात कही थी। मैं उस में खीर भी जोड़ना चाहता हूँ।"

राधाः "भैया, यह खीर मैंने नहीं बनाई। गुरु माँ अपने साथ लाईं हैं। पर अगर आप चाहोगे, तो आप के लिए जिन्दगी भर खीर का इन्तजाम हो जाएगा।"

शिब्बूः "कैसे?"

राधाः "समय आने पर बताऊँगी।"

शिब्बूः "कब?"

राधाः "समय आने पर।"

शिब्बूः "समय कब आएगा?"

राधा हँसने लगीं। "जब आएगा, तब आएगा।"

शिब्बूः "अब मुझे खाना लाने के लिए घर चलना चाहिए, नहीं तो कचौड़ी के साथ अम्मा मुझे भी तल देंगी, और मेरा नरकवास हो जाएगा।"

≈ 8 ≈

बिरजू और राधा के विवाह को पाँच महीने हो चुके थे। बिरजू दुकान के लिए सामान लेकर हरिद्वार से लौटे थे। शाम का खाना हो चुका था। घर के आंगन में अम्मा, बिरजू, राधा, और शिब्बू मूढ़ों पर बैठे हुए थे।

अम्मा के बगल वाले मूढ़े से राधा उठीं, रसोई में गईं, और एक थाली में चार कटोरी रखकर लौटीं। एक–एक कटोरी उन्होंने अम्मा, बिरजू और शिब्बू को दी, और एक कटोरी ले कर अम्मा के पास बैठ गईं।

शिब्बू ने कटोरी के अन्दर देखा। "भैया, आज जब तुम हरिद्वार गए हुए थे तो भाभी ने खीर बनाई। तुम्हारा स्वागत करने के लिए। तुम रोज हरिद्वार जाया करो। भाभी रोज खीर बनाएंगी।"

राधाः "मैंने खीर नहीं बनाई। आपके भैया गुरु माँ से लाए हैं।"

शिब्बूः "यह गुरु माँ वाली खीर है?"

राधाः "हाँ, देवर भैया। मैंने खीर इसलिए मंगाई कि कहीं आप उस दिन की खीर का स्वाद भूल तो नहीं गए। मैं थोड़ी खीर काकी माँ को दे आई। आपकी तरह काकी माँ को भी खीर पसन्द आई थी।"

122

अम्मा ने खीर खानी शुरु करी। "खीर तो वाकई बहुत अच्छी है। मेवा भी डाली है।"

शिब्बूः "बिरजू भैया, यह खीर चखकर देखो। मैं पहले चख चुका हूँ। मैं तो स्वर्गलोक पहुँच गया था। अगर तुलसीदास जी ने यह खीर खाई होती, तो वे लिखते, "एहि खीर है जग माँहि। कर्महीन नर पावत नाँहि।' जब भी भाभी खीर लाने का हुक्म तुम्हें दें, ले आया करो।"

राधाः "मैंने कोई हुक्म नहीं दिया।"

बिरजूः "गुरु माँ के लिए चिट्ठी तो दी थी। उस में हुक्म लिख दिया होगा।"

राधाः "मैं गुरु माँ को हुक्म देने की हिम्मत नहीं रखती।"

अम्माः "मैंने कल कुछ भुजिया भूनी थी। उसे एक बरनी में रख कर राधा की गुरु माँ को भेजी थी।"

बिरजूः "जब मैंने अम्मा की बरनी और तेरी भाभी की चिट्ठी गुरु माँ को दी, तो वे बोलीं कि काम खत्म होने पर यहाँ खाना खाकर ही वापस जाओगे। खाना खाने के बाद उन्होंने बरनी में खीर लौटाई और कहा यह अम्मा को दे देना, साथ में तेरी भाभी के लिए एक चिट्ठी भी दी।"

शिब्बूः "भाभी, जब मैं दोपहर में खाना खाने दुकान से घर आया था, तब आप मुस्करा रहीं थीं। आपकी मुस्कराहट शैतानी से भरी हुई थी। अब भी आप मुस्करा रहीं हैं। क्या बात है?"

राधाः "कोई बात नहीं है, भैया। आप खीर खाईए।"

शिब्बूः "खीर तो मैं खा रहा हूँ भाभी, पर कोई बात तो जरूर है, जो आप बता नहीं रहीं हैं।"

राधाः "सब्र रखो भैया, सब्र रखो । थोड़ी देर में बताऊँगी कि आप दोनों के लिए जिन्दगी भर खीर का इन्तजाम कैसे हो सकता है।"

शिब्बूः "कैसे, भाभी, कैसे? जल्दी बताईए। ऐसी खीर के लिए तो मैं कुछ भी कर सकता हूँ। पहाड़ की चोटी से कूद सकता हूँ। जलते कोयलों पर चल सकता हूँ। पानी में मगरमच्छ से लड़ सकता हूँ।"

राधाः "अपना वायदा मत भूलना, भैया। आपने कहा है कि आप ऐसी खीर के लिए कुछ भी कर सकते हैं।"

शिब्बूः "भाभी, आप की बातों से लगता है आप कोई नया व्यूह रच रहीं हैं।"

बिरजूः "नया व्यूह? क्या इसने पहले भी कोई व्यूह रचा था?"

शिब्बूः "हाँ, भैया, तुम्हारे लिए व्यूह रचा था। मैंने आज तक बताया नहीं। न अम्मा को। न तुम्हें। मेरी हिम्मत नहीं हुई। अगर मैं बता देता, तो भाभी मुझसे नाराज हो जातीं। पूर्णमासी पर अम्मा और तुम्हारे लिए हलवा बनातीं, मेरे लिए नहीं। और जब गुरु माँ से आज खीर मंगाई, तो अम्मा को और तुम्हें देतीं, मुझे नहीं।"

बिरजूः "मैं हमेशा अपने हिस्से के हलवा और खीर तुझे दे देता। पर बता तो कौन सा व्यूह रचा था इसने।"

राधाः "मैंने कोई व्यूह नहीं रचा।"

शिब्बूः "भाभी, उस दिन जब मैं आपका सामान लेकर आपके साथ दुकान से चला था, आपने जो कुछ कहा था, क्या आपने भैया को बताया?

राधाः "नहीं। करीब पूरे समय तो आप बोल रहे थे, भैया। क्या बताती?"

शिब्बूः "अम्मा को बताया?"

राधाः "नहीं, भैया।"

शिब्बूः "तो भाभी, मैं बता दूँ?"

राधाः "बता दो भैया, बता दो। आपकी बातें सुनकर अम्मा और आप के भैया आप पर ही हँसेंगे।"

शिब्बूः "देखते हैं किस पर हँसते हैं। अगर मैं ने बता दिया, आप मेरा हलवा और खीर बन्द तो नहीं करेंगी?"

राधाः "नहीं करुँगी।"

शिब्बूः "वायदा?"

राधाः "हाँ, वायदा।"

शिब्बूः "कोई गुंजायश नहीं?"

राधाः "कोई गुंजायश नहीं।"

शिब्बूः "पक्का?"

राधाः "पक्का।"

शिब्बूः "तो बताता हूँ। अम्मा और भैया, उस दिन जब मैं सामान लेकर भाभी के साथ दुकान से चला, तो थोड़ी दूर भाभी गुमसुम चलीं। लगा गुस्से में हैं। भाभी की आँखों से चिंगारी निकल रहीं थीं। जब भाभी सांस लेती, तो हवा से भरे टायर की तरह भाभी की नाक फूल जाती, और जब सांस छोड़तीं, तो टायर में पंक्चर हो जाता, और नाक पिचक जाती। भाभी की नाक फूल रही थी और पिचक रही थी, फूल रही थी और पिचक रही थी, फूल रही थी और पिचक रही––"

बिरजूः "इतना गुस्सा? अगर नाक फूट जाती तो?"

शिब्बूः "यही तो हुआ, भैया। नाक फूट गई। इतनी जोर से आवाज हुई कि सारा गाँव हिल गया। हाहाकार मच गया। गाय–बैल–भैंस हिनहिनाने लगे। इधर–उधर भागने लगे। आकाश में उड़ते पंछी जमीन पर गिर गए। खेत झुलस गए। रोशनी इतनी बढ़ गई कि लगा आसमान में करोड़ों सूरज हैं। नाक फूटने के साथ–साथ, भाभी भी फूट पड़ीं, 'आप क्यों आए? मैं तो चाहती थी आपके भैया मेरा सामान उठाकर मेरे साथ आएं। इसी लिए तो मैंने इतना सारा सामान लिया था।' मैं सोच नहीं पाया कि अब मैं क्या करूँ।"

राधाः "अम्मा, मैंने ऐसा कुछ नहीं कहा।"

शिब्बूः "मैंने भाभी से कहा कि चलिए दुकान लौटते हैं। मैं भैया को कह दूंगा, और वे आपका सामान उठाकर आपके साथ चल देंगे। भाभी ने मना कर दिया कि अब कुछ नहीं होना, क्योंकि मैंने उनका बना बनाया व्यूह भंग कर दिया था।"

बिरजू: ''मैंने क्या कसूर किया जो मैं इसका सामान उठाऊँ?''

राधाः ''अम्मा, देवर भैया कहानी बना रहे हैं।''

अम्मा हँसने लगीं। ''अरी, इसकी कहानी सुन तो ले। अगर तू चाहेगी तो इसकी कहानी के बाद तू अपनी कहानी सुना देना।''

शिब्बू: ''डरते–डरते मैंने भाभी से पूछा कि मुझे अब क्या करना चाहिए। भाभी बोलीं कि मैं बड़ा अनाड़ी हूँ, जो मैं इतना भी नहीं समझता। मैंने भाभी से कहा कि मुझे समझा दीजिए। भाभी मटक कर चलने लगीं और बोलीं, 'आपके भैया बड़ा मीठा बोलते हैं। मुझे बहुत अच्छे लगते हैं। उनको देखकर मेरे दिमाग का लट्टू घूम जाता है।' मैं भाभी का मतलब तब भी नहीं समझा।''

बिरजू: ''क्या तेरी भाभी के दिमाग में लट्टू है?''

शिब्बू: ''जब भाभी कह रहीं हैं, तो जरूर होगा।''

बिरजू: ''और क्या कहा इसने?''

शिब्बू: ''भाभी ने पूछा, 'क्या आपके भैया को हलवा पसन्द है? सब लोग मेरे बनाए हलवे की तारीफ करते हैं। अगर मैं हलवा बनाकर आपको दूँ, तो क्या आप अपने भैया तक पहुँचा देंगे? उनसे कह दीजिएगा मैं ने बनाया है। ठीक, कह देंगे न आप?' मैंने पूछा कि क्या बित्ता भर हलवा मैं भी खा सकता हूँ, तो भाभी कड़क कर बोलीं कि आपके भैया के खाने के बाद अगर कुछ बच जाए, तो आप खा सकते हो।''

बिरजू: "बाबा रे बाबा, इसने ऐसा कहा?"

राधा: "बाबा रे बाबा, मैंने ऐसा कुछ नहीं कहा।"

शिब्बू: "इतने में मैंने देखा भाभी के आँसू आ गए। मैंने पूछा क्यों, तो भाभी ने कहा उनके आँखों में धूल चली गई थी। जब मैंने कहा धूल तो उड़ नहीं रही, तो भाभी बोलीं, 'आपके भैया के बारे में सोचकर मेरे आँसू आ गए। कितने पतले हैं। दुकान में इतनी मेहनत करते हैं, और लगता है पूरा खाना भी नहीं मिलता उनको। मेरा बस चले तो रोज तरह-तरह का अच्छा खाना खिलाकर जल्द ही उनको तन्दरुस्त कर दूँ।' भाभी आँखें बन्द कर के कोई मन्त्र बोलने लगीं, और हाथों को ऊपर-नीचे और फिर दांए-बांए लहराने लगीं।"

बिरजू: "क्यों?"

शिब्बू: "मुझे लगा भाभी किसी दैविक शक्ति को बुला रहीं हैं। एकदम मेरे सिर में बिजली कौंधी। चक्रवात तूफान आ गया। बादल गरजे। मैं समझ गया कि भाभी की नजर भैया पर जम गई है। भाभी को यन्त्र-तन्त्र-मन्त्र आता है, और उन्होंने भैया पर जादू-टोना कर दिया है। अब भैया की खैर नहीं। तब ही तो भाभी को देखकर भैया हकलाने लगते थे, और दुकान के हिसाब में गलती करते थे।"

बिरजू: "क्या मैं हकलाता था, और हिसाब में गलती करता था?"

शिब्बू: "हाँ, भैया, बहुत ज्यादा। भाभी का जादू-टोना इतना जबरदस्त था कि भाभी के सामने तुम्हें मालूम भी नहीं

चलता था कि तुम हकला रहे हो और हिसाब में गलती कर रहे हो।''

बिरजू: ''मुझे तो इस से डर के रहना चाहिए।''

राधा: ''अम्मा, मुझे जादू–टोना नहीं आता।''

अम्मा: ''अरी, बहू, इन दोनों की बातों पर हँस ले।''

शिब्बू: ''अम्मा, आप तो पहले से कहतीं आईं हैं कि भैया आधे बावले हैं। अब भाभी भैया को अपने वश में करने वालीं थीं। मैं डर गया कि भैया पूरे बावले हो जाएंगे। भैया के चेहरे पर हवाईयाँ उड़ने लगेंगी। अपना नाम भूल जाएंगे। कविता लिखने लगेंगे। बेस्वर गाएंगे। मिट्टी में लोटेंगे। हजामत नहीं बनाएंगे। नहाना छोड़ देंगे। कपड़े नहीं धोएंगे। हक्के–बक्के डोलेंगे। पेड़–पौधों से बातें करेंगे। जानवरों के सामने बीन बजाएंगे। बादलों को दूत बनाकर इधर–उधर सन्देश भेजेंगे। रात को नवजात् बच्चों की तरह सोएंगे। थोड़ी देर सोकर, जग जाएंगे, और रोना शरु कर देंगे। रोते–रोते सो जाएंगे। फिर जगकर, रोना शरु कर देंगे। रात भर यह चलता रहता। अम्मा, तब आपकी और मेरी नींद खराब हो जाती।''

अम्मा: ''क्या बोल रहा है, तू?''

शिब्बू: ''अम्मा, मैं भागा–भागा आपके पास आया कि जल्दी से भैया का ब्याह करवा दीजिए, नहीं तो भैया पगला जाएंगे। आप भी घबड़ा गईं। आप भागी–भागी काकी माँ के पास गईं। वहाँ भाभी ने मुझे भैया के लिए हलवा दिया। हलवे में भाभी ने मन्त्र पढ़ दिया था। हलवा खाकर भैया नशे में झूमने लगे, और अनजान भाषा में बड़बड़ाने लगे। यह मालूम

129

चलने पर आप और ज्यादा घबरा गईं, और भागी—भागी गुरु माँ के पास गईं। भागी—भागी आप काकी माँ के पास लौटीं और कहा पंचायत की बैठक फौरन बुलाओ।''

अम्माः ''हाँ, इतना तो मैंने काकी माँ से कहा था कि पंचायत की बैठक जल्दी से जल्दी बुलाओ।''

शिब्बूः भाभी ने पंचायत पर भी जादू—टोना कर दिया। पंचायत की इजाजत मिल गई। अम्मा तब आपने पंडितजी से कहा जल्दी मुहूर्त निकालो। भाभी का जादू—टोना पंडितजी पर हावी हो गया। बिना भाभी की कुंडली देखे, पंडितजी ने तुरन्त मुहूर्त निकाल दिया, और आपने झटपट भैया का ब्याह करवा दिया। अब भैया न हिसाब में गलती करते हैं, न हकलाते हैं। भाभी ने भैया के ऊपर से जादू—टोना उतार दिया है।''

बिरजूः ''मुझ पर से जादू—टोना हटा दिया है?''

शिब्बूः ''हाँ भैया, हाँ।''

राधाः ''अम्मा, मैं इन दोनों भाईयों से बोलूंगी नहीं।''

अम्मा हँसीं। ''बिन बोले कैसे चलेगी? इन दोनों से बोलना भी मुश्किल है, न बोलना भी मुश्किल है।''

शिब्बूः ''भाभी, आप भैया से नहीं बोलेंगी? क्या आप भैया से रूठ गई हैं?''

राधाः ''हाँ। मैं रूठ गई। मैं रूठ गई। मैं रूठ गई।''

शिब्बूः ''तीन।''

बिरजू: ''क्या तीन?''

शिब्बू: ''भैया, तुम्हें भाभी के लिए तीन तरह की मिठाई लानी होगी।''

बिरजू: ''तीन तरह की क्यों?''

शिब्बू: ''मैं बताना भूल गया। उस दिन भाभी ने पूछा था कि अगर उन्हें कभी मिठाई खानी हो, तो क्या करना होगा। मैंने कहा भैया से रूठ जाया करिएगा। तब भाभी ने पूछा कि अगर उन्हें कई तरह की मिठाई खानी हो, तो क्या करना होगा। मैंने जबाब दिया कि जितनी तरह की मिठाई खानी हो, उतनी बार भैया से कह दीजिएगा आप रूठ गईं हैं। भाभी ने अभी तीन बार कहा है।''

राधाः ''अम्मा, मैंने मिठाई के बारे कभी कुछ नहीं कहा। आप क्या सोचेंगी मेरे बारे में? अब मैं अपनी कहानी सुनाऊँ कि क्या हुआ था?''

अम्माः ''तूने सुनाना है, तो सुना ले। पर मुझे कहानी मालूम है। इसने यह कहा था न कि घर जाकर अम्मा को पट्टी पढ़ानी होगी।''

राधाः ''आपको कैसे मालूम, अम्मा?''

शिब्बू: ''हाँ अम्मा, आपको कैसे मालूम?''

अम्माः ''बड़ा आया तू मुझे पट्टी पढ़ाने वाला। पट्टी तो तुझे मैं पढ़ाती हूँ। मैं ने आज तक तुझ से नहीं पूछा कि तुम दोनों में क्या बातें हुई थीं। क्योंकि मुझे मालूम था। मैं बताती हूँ।''

अम्मा ने शुरु से आखिर तक सब कुछ सुना दिया।

बिरजू: ''मुझे शिब्बू की कहानी ज्यादा पसन्द आई।''

राधाः ''अम्मा, आपको सब मालूम था। फिर भी आपने भैया को अपनी कहानी सुनाने दी।''

शिब्बू: ''भाभी को तो केवल जादू–टोना आता है। पर अम्मा, आपको तो दिव्य दृष्टि प्राप्त हो गई है।''

राधाः ''अम्मा, बताईए आपको कैसे मालूम चला।''

अम्माः ''जब तुम दोनों चल रहे थे, क्या तुमने एक बार भी पीछे मुड़कर देखा था?''

राधाः ''मुझे तो याद नहीं कि मैंने देखा।''

शिब्बू: ''याद नहीं, अम्मा। पर हाँ, शायद मैंने भी नहीं देखा।''

अम्माः ''अगर तू पीछे मुड़ता, तो देखता दो औरतें पीछे चल रहीं थीं। कहीं तू मुड़कर उन्हें पहचान न ले, दोनों ने घूँघट काढ़ लिया। उन्होंने तुम दोनों की सारी बातें सुन लीं, और यहाँ आकर मुझे बता दीं।''

शिब्बू: ''कब बताई?''

अम्माः ''जब तू सामान छोड़ने काकी माँ के घर रुका, तो तुम दोनों की आँख बचाकर, वे बगल से निकल गईं और मेरे पास पहुंच गईं। 'मौसी, मौसी, जानतीं हैं, आज शिब्बू भैया और स्कूल की मास्टराइन क्या बातें कर रहे थे?' उन्होंने बताना शुरु ही किया था, कि इतने में खाना लेने तू आ

धमका। मैंने उनको पीछे के कमरे में चले जाने को कहा। एक बार तूने पूछा तो था कि औरतों की हँसी की आवाज कहाँ से आ रही है। वे दोनों तेरी बातें सुनकर अपना हँसना रोक नहीं पा रहीं थीं। मैंने तेरा सवाल टाल दिया, और तुझे जल्दी से भगा दिया। जब तू खाना लेकर चला गया तो वे बाहर निकलीं, और उन्होंने मुझे सारी कहानी सुना दी।''

शिब्बू: ''हाँ, मुझे याद आया। जब मैं काकी माँ के घर था, तो उन्होंने कहा था कि उन्होंने देखा दो घूंघट धारी औरतें को दुबक कर निकलते हुए। काकी माँ पहचान नहीं पाईं कि वे कौन थीं, पर उनको बुरा लगा कि औरतों ने नमस्ते भी नहीं करी।''

राधा: ''तो अम्मा, आप जानतीं हैं कि मैंने ऐसा कुछ नहीं कहा जैसा देवर भैया अभी सुना रहे थे।''

''जानती हूँ बहू, जानती हूँ। इसकी अनाप-शनाप बातों के जो तू ने जबाब दिए थे, मुझे पसन्द आए। मैं ने मन बना लिया कि जी-जान लगा दूंगी तुझे अपनी बहू बनाने में। और तू बन गई। जब ये दोनों भाई कोई कहानी सुनायें तो सुन लिया कर, पर विश्वास मत किया कर।'' अम्मा ने पास बैठी राधा का चेहरा थपथपाया।

शिब्बू: ''अम्मा कौन थी वे औरतें?''

अम्मा: ''नहीं बताऊँगी।''

शिब्बू: ''उन्होंने मुझे 'शिब्बू भैया' कहा। हमारे दोस्तों में से किसी की बीबी होंगी। भीम भाभी तो हो नहीं सकतीं। वे जब चलतीं हैं तो धरती हिलती है। मैं जरूर पीछे मुड़कर

देखता। वे दस घूंघट भी काढ़ लें, मैं उनको पहचान जाता। ये औरतें कौन थीं, अम्मा? बताईए।''

अम्माः ''नहीं बताऊँगी। उनकी कहानी सुनने के बाद मैं इतनी खुश थी कि मैंने उन्हें कहा खाना खाकर घर जाओगी। पर इतना खाना तैयार नहीं था। मैंने उन दोनों के साथ मिलकर ताजी खाना बनाया, और हम तीनों ने खाया। मैं नहीं चाहती थी कि तुम दोनों की बातें गाँव में फैलें। मैंने उन्हें कसम खिलाई कि वे किसी को नहीं बताएँगी उन्होंने क्या सुना। और मैंने कसम खाई कि मैं किसी को नहीं बताऊँगी वे दोनों कौन थीं। चलते वक्त वे कह गईं, 'बिरजू भैया का ब्याह मास्टराइन से जरूर करा देना, मौसी।' मैं खुद ही ऐसा ठान चुकी थी।''

राधाः ''अम्मा, यह दोनों भाई तो एक तरफ हो गए, और मैं अकेली रह गई। एक भाई तानता है, दूसरा पूरता है। अम्मा आप इन दोनों के साथ कैसे निभातीं हैं?''

अपने बगल में रखी छड़ी उठाकर, अम्मा हँसीं। ''मैं इसे रखती हूँ।''

शिब्बूः ''हाँ भाभी, आप भी छड़ी रखा करो। जब भी भैया पर गुस्सा आए, जोर से भैया की पीठ पर जमा दिया करो।''

बिरजूः ''मेरी पीठ पर नहीं, अपने देवर की पीठ पर जमाना।''

शिब्बूः ''भाभी, दो तरह की छड़ी रखना। एक लचीली, एक सख्त। भैया के लिए लचीली , मेरे लिए सख्त। लचीली से ज्यादा चोट लगती है।''

बिरजू: ''नहीं, नहीं। मेरे लिए सख्त, और इस के लिए लचीली।''

शिब्बू: ''नहीं भाभी, नहीं। इसका उल्टा, इसका उल्टा।''

राधा: ''फिर शुरु कर दिया आप दोनों ने। अगर मेरी बहन मेरे साथ होती तो हम दोनों आप को ऐसा जबाब देतीं कि आप दोनों बोल नहीं पाते।''

बिरजू: ''क्या हमसे लड़तीं?''

राधा: ''हाँ, हाँ, खूब लड़तीं।''

शिब्बू: ''भाभी, ले आइए अपनी बहन को। भैया और मैं देख लेंगे आप दोनों कितना लड़ सकतीं हैं।''

राधा: ''तो ले आऊँ, अपनी बहन को?''

बिरजू: ''ले आओ। देख लेंगे, देख लेंगे। हम ने बड़े से बड़े लड़ाकू के छक्के छुड़ा दिए हैं।''

राधा: ''तो आप दोनों भाई राजी हैं? अम्मा तो पहले से ही राजी हैं। मैं अम्मा से बात कर चुकी हूँ।''

बिरजू: ''अम्मा से बात कर चुकी हो। क्या मतलब?''

राधा: ''अम्मा से ही नहीं, बल्कि हरिद्वार में गुरु माँ से, चाचा–चाची से, सब से बात हो चुकी है। गुरु माँ ने चिट्ठी में लिखा है कि सब राजी हैं। बस आप दोनों की राजी लेनी बाकी रह गई है।''

बिरजू: ''तुम्हारी बहन है। जब मन करे यहाँ आ सकती है। इसमें इतनी सारी राजी लेने की क्या जरूरत है?''

राधाः ''जरूरत है।''

शिब्बूः ''क्यों, भाभी?''

राधाः ''आपने कहा न देवर भैया, मेरी बहन यहाँ आकर आप से लड़ सकती है।''

शिब्बूः ''हाँ, जरूर।''

राधाः ''गुरु माँ ने मेरी बहन को सुशील बनाया है। शालीन बनाया है। वह गैर मर्दों से नहीं लड़ सकती। अगर चाहते हो आप से लड़े, तो पहले आपको उसे ब्याहना होगा। समझे, भैया।''

शिब्बूः ''क्या कहा? लड़ने से पहले ब्याहना होता है?''

राधाः ''अपने भैया की शादी में आपने मीना को देखा था। कुछ कमी है उसमें क्या?''

शिब्बूः ''नहीं।''

बिरजूः ''शाबाश, बच्चू , शाबाश। तू अपनी भाभी के व्यूह में आ गया है। तुझे यह मालूम नहीं था कि द्रोणाचार्य ने व्यूह रचना तेरी भाभी से सीखा था। अब तेरा बचना मुश्किल है।''

राधाः ''एक बात और है, देवर भैया। उस दिन जब आप ने पहली बार स्वर्गलोक वाली खीर खाई थी, उस दिन की खीर मीना ने बनाई थी। और आज की खीर भी मीना ने बनाई है। आप ने कहा है कि जिन्दगी भर खीर पाने के लिए आप कुछ भी करने को तैयार हैं। अपने कहे से मुकुर मत जाना। तो अब मीना से ब्याह करने को राजी हो जाओ।''

बिरजू: "अब इस से क्या पूछ रही हो? जब इसे खीर मिल रही है, तो यह राजी हो गया है। पर मेरा एक सवाल है। तुम हलवा पूर्णमासी को बनाती हो। मीना खीर कब बनाएगी?"

राधा: "पूर्णमासी को दोनों चीजें बन जाएंगी।"

बिरजू: "हम धर्म–संकट में पड़ जाएंगे। हलवा खाएं या खीर?"

राधा: "मीना अमावस्या को खीर बना देगी, और मैं पूर्णमासी को हलवा।"

बिरजू: "अब करी तुमने ढंग की बात। देखो, अपने देवर को देखो। हलवा और खीर का सोच कर कितना खुश हो रहा है।"

राधा: "आप दोनों को तो हलवा और खीर छोड़कर कुछ सूझता ही नहीं।"

बिरजू: "वही तो शाश्वत् सत्य है।"

अम्मा: "बहू, तू इन दोनों के दोस्तों की 'हलवा भाभी' है। मीना 'खीर भाभी' बन जाएगी। पर भूलना मत। तुझे पंचायत बुलानी होगी। कल काकी माँ को कह आना। इस बार पंचायत में मैं नहीं जाऊंगी। तू जाएगी।"

राधा: "जी, अम्मा, मैं जाऊंगी। पर, देवर भैया, अब मैं आपसे कुछ कहना चाहती हूँ। मेरी बात का अगर मजाक बनाया तो यन्त्र–तन्त्र–मन्त्र सीखकर आप पर जादू–टोना कर दूंगी, जिससे आप पूरे बावले हो जाओगे।"

अम्मा: ''तू क्या इसको बावला बनाएगी! यह तो पहले ही पूरा बावला है।''

राधा: ''भैया, मीना को अपनी माँ का चेहरा याद है। उसने अपनी माँ का चित्र बनाया था। गुरु माँ ने चित्र पर फ्रेम लगवा दिया। मीना चित्र सम्भाल कर रखती है। एक दिन जब मैं कमरे में गई तो देखा वह चित्र को अपने से चिपकाकर रो रही थी। मैं उस के पास बैठ गई और उसे कसकर पकड़ लिया। वह थोड़ी देर रोती रही। फिर बोली, 'दीदी, मैंने माँ से खाना ही तो मांगा था। क्या इसका मतलब है कि वे मुझे छोड़कर चलीं जाएं? वे कहाँ होंगी? क्या मेरे बारे में कभी सोचतीं होंगी?' मेरे पास कोई जबाब नहीं था। मैं काफी देर उसे पकड़े बैठी रही। जब गुरु माँ ने आवाज लगाई तब हम दोनों उठीं। मीना नाजुक मिजाज की है। आपको समझने का उसे समय देना। उस पर नाराज मत होना।''

बिरजू: हाँ, शब्बू, मीना पर नाराज मत होना, जैसे तेरी भाभी मुझ पर नाराज होती रहती है।''

राधा, आवेश में: ''मैं आप पर कब नाराज होती हूँ, जी?''

बिरजू: ''अभी तो नाराज हो रही हो।''

राधा: ''आप फिर मजाक में आ गए।''

बिरजू: ''शिब्बू, मुझे सुनना पड़ता है तेरी भाभी क्या कह रही है। पर यह चाहती है कि मैं वह भी सुनूँ जो यह नहीं कह रही है। ऐसा सुनना मुझे नहीं आता। अगर तू कभी ऐसा सुनना सीख जाए, तो मुझे सिखा देना।''

राधा एक गिलास पानी रसोई से लाईं। "शिवजी ने जब विष पिया था तब उनका सिर गरम हो गया था। भगवान विष्णु ने जल से उनका सिर शीतल किया था। देवर भैया, आपने जो कहानी सुनाई, उसको गढ़ने में आपका सिर गरम हो गया होगा। मैं आपका सिर शीतल किए देती हूँ।" राधा ने बाँए हाथ में पकड़े गिलास से थोड़ा पानी अपनी दाहिनी चुल्लू में लिया, शिब्बू के सिर पर फेंक दिया, नाक सिकोड़ी, होंठ बिचकाए, और खिलखिलाने लगीं। "होली है, भैया, होली है।"

अम्माः "अरी बहू, यह क्या कर दिया तूने? किस कमबख्त से उलझ गई तू?"

राधाः "अम्मा, देवर भैया ने आज मेरे बारे में कहानी बनाई। अगली बार भैया ने ऐसा किया तो पूरा गिलास पानी भैया पर फेंक दूंगी।"

शिब्बूः "बिरजू भैया, क्या कुछ क्षणों के लिए भाभी उधार पे मिल सकतीं हैं?"

बिरजूः "जरूर, जरूर। क्या शैतानी घूम रही तेरे दिमाग में?"

शिब्बूः "भाभी ने मेरे साथ होली खेली है। अब मुझे भाभी के साथ होली खेलनी होगी।

बिरजूः "खेल, पर हमारे वंश की मान—मर्यादा बनी रहे।"

शिब्बूः "वंश की मान—मर्यादा जरूर बनी रहेगी। हमें तो वरदान प्राप्त है।"

राधाः ''कौन सा वरदान?''

बिरजूः ''हमारे एक पूर्वज ने कई वर्षों की घोर तपस्या के बाद भगवान शंकर से वरदान प्राप्त किया था कि उनके वंशज 'होली क्रीडायाम् सदैव विजयी भव'। तब से अब तक हमसे कोई नहीं जीता।''

राधाः ''अगर आप को वरदान प्राप्त है, तो मुझे भी वरदान प्राप्त है।''

सब खीर खा चुके थे। अम्मा बोलीं, ''मैं तो सोचती थी कि शिब्बू का रिश्ता मेरे बस की बात नहीं। तुम तीनों ने खूब बहस की, पर शिब्बू को रिश्ते के लिए राजी कर लिया। मुझे शान्ति हुई। चलो, सोने से पहले, थोड़ी देर छत पर बैठते हैं। वहाँ अच्छी हवा चल रही है।''

राधा कटोरी उठाने लगीं। ''आप चलिए, अम्मा। मैं ये कटोरी रसोई में रख आऊँ। कुछ बर्तन भी लगाने हैं। फिर मैं ऊपर आ जाऊंगी।'' राधा रसोई में चलीं गईं।

शिब्बूः ''अम्मा, मैं ऊपर नहीं आऊँगा। मुझे नींद आ रही है। मैं जाकर सोता हूँ।''

अम्मा, बिरजू, और शिब्बू खड़े हो गए। अम्मा और बिरजू छत पर चले गए। शिब्बू आंगन में खड़े रहे। जब थोड़ी देर में राधा रसोई से निकलीं, तो दरवाजे के पीछे छिपे शिब्बू ने उन पर एक बाल्टी गुलाबी पानी उड़ेल दिया। ''होली है, भाभी, होली है।'' बिना पीछे देखे, शिब्बू दौड़कर अपने कमरे में गए, जल्दी से दरवाजा बन्द किया, और कुण्डी लगा दी। कमरे से फौरन खर्राटों की आवाज आने लगी।

≈ 9 ≈

स्कूल की छुट्टी का दिन था। बादल छाए हुए थे। पंचायत के पाँचों सदस्य पीपल के पेड़ के नीचे चबूतरे पर बैठे थे। काकी माँ अब भी सरपंच थीं। पंचायत की सदस्यता पहले की तरह थी––चौधरी चन्दन सिंह, बिल्लू ताई, मास्टर प्रकाश भारती, और पंडित अम्बा प्रसाद। काकी माँ ने पंचों को आज की बैठक का कारण पहले ही बता दिया था।

सामने जमीन पर सिर ढँके राधा बैठीं थीं। पंचायत की बैठक देखने आए लोग इधर–उधर जमीन पर बैठे थे। एक किनारे पर बिरजू खड़े थे। उनके बगल में एक बन्द कनस्तर रखा था।

काकी माँ ऊंची आवाज में बोलीं, ''तुम सब को याद होगा आज से कुछ महीने पहले बिरजू की अम्मा ने पंचायत की बैठक बुलाई थी। वो चाहतीं थीं बिरजू का ब्याह स्कूल की मास्टराइन राधा से हो जाए। पर राधा की जात नहीं मालूम थी। पंचायत की इजाजत मिलने पर ब्याह हो गया। राधा अब इस गाँव की बहू है, और स्कूल की मास्टराइन भी। स्कूल से अपने घर लौटते वक्त वह रोज मेरे घर आती है, और मेरे एक–दो काम कर जाती है। हालाँकि राधा हरिद्वार में पली थी, पर वह अब पूरी तरह इस गाँव में रम गई

है। क्या यहाँ कोई है, जो राधा को नहीं जानता? किसी को राधा से कोई शिकायत है क्या?''

सब शान्त रहे।

काकी माँ ने फिर बोलना शुरु किया। ''हरिद्वार में राधा की छोटी बहन मीना रहती है। बिरजू और राधा के ब्याह में तुम लोगों ने मीना को देखा होगा। राधा के देवर, शिब्बू को तो तुम सब जरूर जानते ही हो। उसके बारे में बताने की कुछ जरूरत नहीं। इस समय शिब्बू अपनी अम्मा के साथ घर में है। राधा चाहती है कि शिब्बू का ब्याह मीना से हो जाए। जैसे राधा की जात का नहीं पता, वैसे ही मीना की जात का नहीं पता। इस ब्याह के लिए पंचायत से इजाजत लेनी होगी। राधा ने यह बैठक इसी लिए बुलाई है। जिन स्वामीजी ने राधा को पाला, उन्हीं स्वामीजी ने मीना को पाला है। जब राधा के लिए पंचायत बैठी थी, तब स्वामीजी यहाँ आईं थीं, और उन्होंने अपने बारे में पंचों को बता दिया था। पंच उन से अब कुछ पूछना नहीं चाहते। यहाँ आने को कहा तो वे बोलीं कि राधा के होते उन्हें कुछ नहीं कहना है। इस रिश्ते की बात राधा के मन में आई। अब राधा का जिम्मा है, पंचायत से इजाजत लेना। राधा यहाँ उन स्वामीजी की तरफ से है, और अपनी सास की तरफ से भी। पंच जो चाहें राधा से पूछ सकते हैं। राधा दोनों तरफ से जबाब देगी।''

चौधरी चन्दन सिंहः ''राधा बेटी, मैंने ठीक तरह सुना नहीं। क्या है तेरी बहन का नाम?''

राधाः ''मीना, चौधरी मामा।''

मास्टर प्रकाश भारतीः ''जैसा काकी माँ ने कहा, मीना को मैंने तेरी शादी में देखा था। पर मैं उस के बारे में कुछ जानता नहीं। मीना के बारे में कुछ बता।''

राधाः ''साधारण लड़कियों की तरह है, मास्टरजी। पर उस में एक खासियत है, जो मुझमें नहीं है। उस का हाथ बड़ा साफ है। गुरु माँ के पूजा वाले कमरे में सारे चित्र उसी ने बनाए हैं। रामचन्द्रजी, कृष्णजी, शिवजी, गणेशजी। अगर वह यहाँ आ गई, तो स्कूल के बच्चों को चित्र बनाना सिखा सकती है। मैं अम्मा से बात कर चुकी हूँ। उनकी इजाजत है।''

चौधरी चन्दन सिंहः ''तो तू यह चाहती है कि तेरी ससुराल मीना की ससुराल भी बन जाए?''

राधाः ''जी, हाँ, मामा।''

चौधरी चन्दन सिंहः ''अगर तू अपनी ससुराल में खुश है, तो मीना भी खुश रहेगी। गाँव के घरों की मुझे अच्छी खासी खबर रहती है। तेरे घर की भी खबर है। पर तब भी तेरे मुँह से सुनना चाहता हूँ। क्या तू ससुराल में खुश है?''

राधाः ''मामा, मैं पूरी तरह से खुश हूँ। तभी तो मीना का प्रस्ताव आपके सामने लाई हूँ।''

चौधरी चन्दन सिंहः ''मैंने तो सुना है बिरजू और शिब्बू तेरी खूब खिल्ली उड़ाते हैं।''

राधाः ''उड़ाते हैं, मामा, खूब उड़ाते हैं। मेरी खिल्ली उड़ाने के बाद ही उनको रोटी हजम होती है।''

चौधरी चन्दन सिंहः ''फिर कैसे कहती है तू खश है? तुझे बुरा नहीं लगता?''

राधाः ''नहीं मामा, अब नहीं। अगर मैं चुप रहूँ तो पूछते हैं कि मैं क्या शरारत सोच रही हूँ । फिर कोई बेतुका अन्दाजा लगाना शुरु कर देते हैं कि मैं क्या सोच रही हूँ । अगर कुछ बोलूँ, तो उसको घुमाकर उसके मायने बदल देते हैं। एक दूसरे के नहले पर दहला चलते हैं। मुझे इस सब की आदत नहीं थी। अजीब लगता था। मैंने अम्मा से पूछा कि ऐसा क्यों करते हैं, तो अम्मा बोलीं, 'हँसी ही तो करते हैं, रुलाते तो नहीं?' जी, चौधरी मामा, अम्मा ने ठीक कहा। मुझे आज तक कभी रुलाया नहीं । कभी कोई कड़ा शब्द नहीं कहा, नीचा नहीं दिखाया, चोट नहीं पहुँचाई, दुःखी नहीं किया, शर्मिन्दा नहीं किया, क्लेश नहीं किया, बद्तमीजी नहीं की। मेरी गुरु माँ, बहनों, चाचा–चाची के बारे में कभी कोई कड़वी बात नहीं कही। मुझे पछतावा हुआ कि मैंने अम्मा से ऐसा सवाल पूछा।''

पंडित अम्बा प्रसादः ''एक कहावत के अनुसार, हँसी में लगता हैं, हम किसी को चोट पहुँचा रहे हैं, पर वास्तव में चोट पहुँचाते नहीं।''

मास्टर प्रकाश भारतीः ''इतने दिन, बेटी, तूने क्या सीखा ससुराल में?''

राधाः ''मैंने सीखा है कि अगर अम्मा के बेटों से कुछ काम कराना हो, तो धैर्य रखना पड़ेगा। काम हो जाएगा, पर अपनी रफ़्तार से। गुरू माँ कहतीं थीं, 'काल करे सो आज कर, आज करे सो अब'। अम्मा के बेटे किसी

कवि की पंक्ति सुनाते हैं, 'आज करे सो काल कर, काल करे सो परसों। जल्दी करके क्या करेगा, जीना तो है बरसों '। उन से रूठना बेकार है। अगर दिखाने को रूठ जाऊँ, तो उसका भी मजाक बना देंगे। मैं ने ससुराल में हँसना सीख लिया है। हाजिर–जबाबी सीख रही हूँ। मीना गम्भीर है। अगर वह यहाँ आ गई, तो वह भी हँसना और हाजिर–जबाबी सीख लेगी। अम्मा कहतीं हैं कि घर में हँसी रहे तो आपस के भेद मिट जाते हैं, और घर सुखी रहता है।''

चौधरी चन्दन सिंहः ''अच्छा है, तू खुश है। अब बता, क्या तेरी सास तुझ से खुश है?''

राधाः ''चौधरी मामा, मुझे नहीं मालूम। इसका जबाब तो अम्मा ही दे सकतीं हैं।''

मास्टर प्रकाश भारतीः ''तुझ पर नाराज होतीं हैं?''

राधाः ''शादी के बाद, अभी तक तो नहीं हुई। गुरु माँ ने अम्मा से मेरे लिए एक साल की मोहलत ले ली थी। अम्मा कह चुकी हैं कि मुझे हर गलती एक–एक बार माफ हैं। कोई गलती दोबारा करी, तो माफी नहीं मिलेगी। हाँ, अपने बेटों पर जरूर नारज होती रहतीं हैं। बेटे सुनते भी रहते हैं, और अम्मा को नाराज करने के लिए कुछ न कुछ करते भी रहते हैं . . . और हँसते भी रहते हैं।''

पंडित अम्बा प्रसादः ''अगर तेरी सास तेरा ध्यान रखतीं हैं, तो मीना का ध्यान भी रखेंगी। तेरी सास क्या तेरा पूरा ध्यान रखतीं हैं?

राधाः "पूरे से ज्यादा, पंडितजी। जब मैं अम्मा को और उनके बेटों को खाना परोस देती हूँ, तो अम्मा खाना शुरु नहीं करतीं। बैठीं रहतीं है जब तक मैं अपनी थाली लाकर उनके बगल में बैठ नहीं जाती। फिर बार–बार रोटी और सब्जी के लिए मुझे पूछतीं रहतीं हैं। अपने बेटों से इतना नहीं पूछतीं, जितना मुझसे पूछतीं हैं।"

पंडित अम्बा प्रसादः "किसी और तरह भी ध्यान देतीं हैं क्या?"

राधाः "देतीं हैं। शादी के बाद जब अगली बार अम्मा के बेटे दुकान के लिए सामान खरादने हरिद्वार जा रहे थे, तो अम्मा साथ हो लीं। मुझे भी साथ ले लिया। जब बेटों ने साथ चलने की वजह पूछी, तो अम्मा ने उन्हें चुप रहने को कह दिया। हरिद्वार बस अड्डे पहुंच कर, हम सब बाजीगंज गए। एक बड़ी दुकान में रुके। वहाँ मुझे रहमत चाचा से मिलाया।"

चौधरी चन्दन सिंहः "रहमत चाचा? क्या तू रहमत अली की बात कर रही है?"

राधाः "जी, मामा। मुझे बाद में मालूम चला वही है उनका नाम। अम्मा ने बताया वे मेरे स्वर्गीय ससुरजी के दोस्त थे।"

चौधरी चन्दन सिंहः "दोस्त ही नहीं, लंगोटिया यार थे। हाँ, हाँ, उनको तो मैं अच्छी तरह जानता हूँ। हरिद्वार के जाने–माने आढ़ती । तेरे ससुर उन से सामान खरीदा करते थे। अब बिरजू और शिब्बू खरीदते हैं। कुछ छुटुर–पुटर सामान खरीदने, मैं तेरे ससुर के साथ कई बार उनके पास

जा चुका हूँ। नाम उनका रहमत है, और दिल रहम से भरा है। तुम उनके पास अपनी सारी पूंजी छोड़ जाओ। एक साल बाद जाओ। सारी पूंजी सही सलामत मिलेगी। कहते हैं, 'दुकानों के धन्धे में लेनदेन का होता है, दिलों के धन्धे में नहीं। हम सबको खुदा के घर जाना है।' खरीददारी के बाद, रहमत अली, तेरे ससुर, और मैं हलवाई की दुकान जाया करते थे। वहाँ छक कर दूध–जलेबी खाते थे। फिर पासा फेंकते थे। जो जीतता था, वह दाम चुकाता था।''

काकी माँ: ''चौधरी, अपनी जवानी की हरकतें अब क्यों बता रहे हो?''

चौधरी चन्दन सिंहः ''अब नहीं बताऊँगा तो कब बताऊँगा? एक बार मैंने रहमत अली से पूछा, 'क्या घर जाकर कहते हो दूध–जलेबी खाई है?' हँस कर बोले, 'घर जाकर कहूँगा, तो बेगम से सुनना पड़ेगा——' ऐसा क्यों करते हो? बीमार पड़ जाओगे। सिर के बाल गिर जाएंगे। टाँग टूट जाएगी। नकसीर फूट जाएगी।' तेरे ससुर और मैं भी अपने–अपने घर आकर कुछ नहीं कहते थे। रहमत अली से मिले कई साल हो गए, पर आज उनका नाम सुनकर पुरानी यादें हरी हो आई हैं।''

काकी माँ: ''राधा, चौधरीजी की दूध–जलेबी से पहले तू पंडितजी के सवाल का जबाब दे रही थी कि तेरी सास तेरा ध्यान कैसे–कैसे रखतीं हैं। अपनी बात पूरी कर।''

राधाः ''रहमत चाचा बड़े स्नेह से मिले। अम्मा को बार बार भाभीजान कहते रहे। अम्मा से बोले, 'भाभीजान, आप तो अरसे बाद दुकान आई हो। आकर दुकान में रौनक कर

दी।' मेरे सिर पर कई बार हाथ फेरा। बोले, 'तुम्हारे निकाह पर मैं तो नहीं आया, पर बेटा और बहू आए थे।' अम्मा उन से बोलीं, 'भाईसाहब, जब तक यह लड़के आप से सामान लेते हैं, राधा और मैं बाजार हो आते हैं। हमारे लौटने तक, इनको अपने पास रखना। तब तक मैं इन दोनों की सूरत नहीं देखना चाहती। अगर मेरे साथ हुए, तो अपनी बकबक से मेरा दिमाग खराब कर देंगे।' चाचा ने हँस कर कहा, 'जब इनका काम खत्म हो जाएगा, तो तुम्हारे आने तक इन दोनों के हाथ–पैर बांध कर तहखाने वाले गोदाम में डाल दूंगा। कहो तो गोदाम में कुछ मोटे चूहे छोड़ दूंगा।' अम्मा ने बाजार ले जाकर मुझे नए कपड़े दिलाए।''

पंडित अम्बा प्रसादः ''नए कपड़े दिलाए! बहुत अच्छा किया!''

राधाः ''मैंने जब मना किया, तो अम्मा बोलीं, 'तेरी पास एक छोटी सन्दूकची ही तो है। तुझे और कपड़े चाहियें।' फिर मेरी बहनों के लिए कुछ कपड़े खरीदे। गुरु माँ के पास मुझे ले गईं। बहनों को कपड़े दिए। गुरु माँ ने खाने के लिए रुकने को कहा, तो अम्मा बोलीं, 'जब अगली बार आऊँगी तो जरूर खाऊँगी। इस समय मेरे दोनों शैतान मेरा इन्तजार कर रहे हैं।' हम जल्दी– जल्दी रहमत चाचा की दुकान लौटीं। आज मैंने जो कपड़े पहने हुए हैं, वह उनमें से हैं जो अम्मा ने उस दिन दिलाए थे। पंडितजी, आप के सवाल के जबाब में मैं तो यही कहूँगी कि अम्मा मेरा पूरा ध्यान रखतीं हैं।''

पंडित अम्बा प्रसादः तू सौभाग्यवती है, बेटी। प्रभु इच्छा, तू ऐसी ही सौभाग्यवती रहे।''

चौधरी चन्दन सिंहः "अगर मैं रहमत अली को जानता हूँ, तो उन्होंने तेरी सास को बिना खाए नहीं आने दिया होगा। उनकी दुकान के पास लक्ष्मी वैष्णव भोजनालय हैं। वहाँ से क्या-क्या खाना मंगाया?"

राधाः "पूरी, छोले, सेमफली, बूंदी का रायता, चुकन्दर की चटनी, आम का अचार, रसगुल्ले। रहमत चाचा के बेटे, शौकत भाईसाहब, और भाईसाहब की पत्नी, रहनुसा भाभी, भी आ चुके थे। अम्मा ने अपने झोले से निकालकर कुछ कपड़े रहनुसा भाभी को दिए। सबके खाने के बाद, चाचाजी के इशारे पर रहनुसा भाभी ने अपने पर्स से मोती का एक हार निकाला, और मुझे पहना दिया। वह हार मैं इस समय पहने हुई हूँ। शौकत भाईसाहब हमारे साथ बस अड्डे आए, और हमारा सारा सामान बस की छत पर चढ़ाने में मदद की। दुकान से चलने से पहले चाचाजी ने मेरे सिर पर हाथ फेरा और कहा, 'अब अपने लिए देवरानी ढूँढो,' सो मैंने ढूँढली है, और आप के पास इजाजत के लिए आई हूँ।"

चौधरी चन्दन सिंहः "कहते हैं कि दूसरे का दुःख शान्त चित्त से सहने की शक्ति सब में होती है। पर तेरी सास ने शान्त चित्त से अपना दुःख सहा है। हिम्मत नहीं हारी। दुःख में से वे निखर कर आई हैं। पंडितजी ने अभी तुझे सौभाग्यवती कहा था। तेरी सास के साथ मीना भी तूझ जैसी सौभाग्यवती रहेगी। काकी माँ के पूछने से पहले ही मैं कह दूँ कि मेरी इजाजत तुझे है।"

राधा के पीछे झुण्ड में बैठी सिर ढकी औरतों ने अपने पल्लों से अपने मुँह छिपा लिए, और हल्की आवाजों में हँसने लगीं।

काकी माँ सख्त स्वर में बोलीं, ''तुम बहूओं को अपने घरों में कुछ काम नहीं है, क्या? यहाँ बैठी ही–ही कर रही हो। क्या बात है? अगर चुप नहीं बैठ सकतीं, तो चली जाओ यहाँ से।''

''क्यों जी, काकी माँ,'' एक औरत बोलीं, ''हम ने क्या कसूर किया जो आप हमें चले जाने को कह रहीं हैं? हम तो राधा भाभी का साथ देने आईं हैं। हमारा बड़ा मन है कि शिब्बू भैया का ब्याह राधा भाभी की बहन से हो जाए। हम तो खुशी में हँस रहीं थीं क्योंकि चौधरी मामा ने अपनी इजाजत दे दी है। अब अगर आप सब ने ब्याह की इजाजत दे दी, तो हम राधा भाभी को अपने घर ले जाएंगी, और राधा भाभी के साथ खुशी में खाएँगी, गाएँगी, नाचेंगी, झूला झूलेंगी।''

काकी माँः ''तुम सब को इतनी खुशी क्यों हो रही है?''

''क्यों जी, काकी माँ,'' उसी औरत ने जबाब दिया, ''हमें खुशी क्यों न हो? जब राधा भाभी की मंशा पूरी हो जाएगी, तो हमें खुशी होगी।''

काकी माँः ''बस इतनी सी बात है, और कुछ नहीं?''

''क्यों जी, काकी माँ, है क्यों नही?'' औरत फिर बोलीं। ''हमें मालूम है कि गाँव में जिन नामों से हम जानीं जातीं हैं––पराँठा और ओझा और जाने क्या क्या––वो नाम अक्सर शिब्बू भैया के दिमाग की उपज होते हैं। हमारे मरद सब सुनते रहते हैं, पर करते कुछ नहीं। उल्टा हम पर हँसते हैं। अगर शिब्बू भैया का ब्याह हो जाता है, तो भैया सुधर

जाएंगे। अगर भैया नहीं सुधरे, तो हम हमारी नई भाभी से शिकायत करे देंगी, और वे भैया की अकल ठीक कर देंगी।''

मास्टर प्रकाश भारतीः ''शिब्बू की अकल ठीक करने से पहले वह खुद पागल हो जाएगी।''

''काकी माँ,'' दूसरी औरत ने कहा, ''सुबह से भूखी रहने के बाद मैंने एक बासी पराँवठा ही तो खाया था। इसका मतलब यह तो नहीं कि मेरा नाम 'पराँवठा भाभी ' रख दिया जाए! ऐसा तो है नहीं कि मैं हमेशा पराँवठे खाती रहती हूँ।''

''और मैंने क्या कसूर किया, काकी माँ, जो मैं 'हिटलर भाभी ' बन गई?'' तीसरी औरत बोलीं। ''मुझे तो यह भी नहीं मालूम, यह हिटलर है कौन? अगर मुझे कभी मिले, तो चप्पल से मार–मार कर उसे अधमरा कर दूंगी।''

''काकी माँ, मैं क्या सींक लगती हूँ? गाँव के बच्चे मुझे अब 'सींक चाची' कहने लगे हैं। यह कोई अच्छी बात थोड़ई है।'' चौथी औरत ने आवेश में उठने की कोशिश करी, पर लड़खड़ा कर बैठ गईं।

''सब से खराब तो मेरा नाम है, काकी माँ, '' पाँचवी औरत बोलीं। ''मैंने तो सिर्फ एक ही बार ओझा के लिए कहा था, और मुझे 'ओझा भाभी' बना दिया। पास के धोलपुरा गाँव से एक औरत आई थी। अपने साथ दस साल के बेटे को लाई। मुझसे कहती है, 'तुम्हारे बारे में बहुत सुना है।' फिर बेटे के तरफ इशारा कर बोली, 'यह मुआ पढ़ता–लिखता नहीं है। सारे दिन खेलता है। इस पर सवार भूत से पूछो वह क्या चाहता है? जो मांगेगा, मैं दे दूँगी, पर इसे छोड़

दे।' जब मैंने कहा कि मुझे भूत भगाना नहीं आता, तो बोली, 'हमारे गाँव में तुम्हारी बड़ी तारीफ सुनी है। बहुतेरे भूतों को भगाया है। तुम्हारे पास बड़ी आस लेकर आई थी। नाहक ही आई।' काकी माँ, मैं जानती हूँ शिब्बू भैया ने ही मेरा नाम सब जगह फैलाया है।''

काकी माँः ''अच्छा, अगर यहाँ रहना है, तो चुप बैठी रहो। . . . बिल्लू ताई ने अभी तक कुछ नहीं कहा है। मुझे लगता है कि अब वे कुछ कहना चाहतीं हैं।''

बिल्लू ताईः ''राधा बेटी, मुझे तुझ से कुछ पूछना है।''

राधाः ''क्या, ताईजी?''

बिल्लू ताईः ''उस दिन का बता जिस दिन नीरा की तबीयत खराब हुई थी।''

राधाः ''आपकी पोती, नीरा?''

बिल्लू ताईः ''हाँ।''

राधाः ''बच्चे कुछ जोड़ने–घटाने के सवाल कर रहे थे। एकदम से नीरा हाँफने लगी। मैं उस के पास गई। उस की सांस हल्की होने लगी। फिर मुझे लगा वह सांस नहीं ले रही है।''

बिल्लू ताईः ''तू घबराई नहीं?''

राधाः ''जी, ताईजी, मैं घबरा तो गई थी, पर गुरु माँ ने जो सिखाया था, वह किया।''

बिल्लू ताईः ''क्या किया तूने?''

राधाः "नीरा की नब्ज चल रही थी। मैंने जल्दी से नीरा को कमर के बल फर्श पर लेटा दिया। उसके कपड़े ढीले किए। बच्चों को चारों तरफ इक्ट्ठा होने से मना किया ताकि नीरा को खुली हवा मिले। एक बच्चे को खबर देने आप के घर भेजा। दाहिने हाथ से नीरा की नाक हल्के से बन्द करी। दूसरे हाथ से उसका मुँह खोला। मैंने गहरी सांस ली, और फिर अपनी सांस नीरा के मुँह में छोड़ी। मैंने यह कई बार किया। धीरे-धीरे वह खुद सांस लेने लगी। तब तक नीरा की माँ आ गईं थीं। वे नीरा को घर ले गईं।"

बिल्लू ताईः "हाँ, मैंने बच्चों से सब सुन लिया था। पर मैं तुझसे सुनना चाहती थी कि तूने क्या किया।"

राधाः "मैंने अपनी समझ के अनुसार किया था, ताईजी।"

बिल्लू ताईः "मैंने भी अपनी समझ के अनुसार किया था, पर. . . "

राधाः "पर क्या, ताईजी?"

बिल्लू ताई थोड़ी देर सिर झुकाए बैठीं रहीं। फिर काकी माँ से बोलीं, "मेरी तरफ से तुम कह दो।"

काकी माँः "नहीं। तुम खुद कहो। जैसा बन पड़े, कहो। मन हल्का हो जाएगा।"

बिल्लू ताई फिर थोड़ी देर सिर झुकाए बैठी रहीं। फिर धीरे-धीरे बोलीं, "राधा बेटी, यह बात हम पाँचो के सिवाय और किसी को नहीं मालूम। बात तब की है जब पंचायत बैठी थी कि तेरा और बिरजू का ब्याह हो या न हो। इन

चारों ने कहा था ब्याह हो जाना चाहिए। मैंने कहा था, नहीं होना चाहिए। जानती है क्यों?''

राधाः ''नहीं, ताईजी।''

बिल्लू ताईः ''मैं समझती थी कि अगर तू छोटी जात की हुई तो तेरा ब्याह बिरजू से नहीं होना चाहिए। अगर तेरा ब्याह यहाँ न हुआ होता, तो तू वापस हरिद्वार चली गई होती। यहाँ रह कर तू ने मेरी नीरा को अपनी सांस दी और उसे बचा लिया। अगर नीरा को कुछ हो गया होता, तो मैं बिखर जाती। अब मैं जानना नहीं चाहती कि तेरी और तेरी बहन की जात क्या है? काकी माँ के पूछने से पहले ही चौधरी जी ने अपनी इजाजत दे दी। मैं भी देती हूँ।''

काकी माँः ''ले राधा, चौधरीजी और ताईजी ने तो इजाजत दे दी है। इस से पहले मैं मास्टरजी और पंडितजी से उनकी राय लूँ मैं तुझ से कुछ पूछना चाहती हूँ।''

राधाः ''क्या, काकी माँ?''

काकी माँः ''तेरी एक और बहन 'मचलू' भी तो है?''

राधाः ''है, काकी माँ।''

काकी माँः ''क्या तू उस के लिए भी पंचायत की बैठक बुलाएगी?''

राधाः ''नहीं, काकी माँ।''

काकी माँः ''क्यों?''

राधाः ''वह अभी छोटी है।''

काकी माँ हँसीं। "तो उसके लिए कोई छोटा लड़का ढूंढ ले। क्यों चौधरी, तुम्हारा पोता, भोला, कैसा रहेगा राधा की छोटी बहन के लिए?"

चौधरी चन्दन सिंहः "बिलकुल नहीं। बिलकुल नहीं। लड़की का भाग्य फूट जाएगा। भोला को गुल्ली–डंडा के सिवाय और कुछ नहीं सूझता।"

काकी माँ, ऊँची आवाज में: "इस से पहले कि पंचायत अपना फैसला सुनाए, किसी को कुछ कहना है?"

सब चुप रहे।

काकी माँः "चौधरीजी और ताईजी पहले ही अपनी मंजूरी दे चुके हैं। पंडितजी और मास्टरजी ने मुझे इशारा कर दिया है कि उनको भी मंजूर है। तो हम पांचों की मंजूरी से राधा की बहन मीना का ब्याह शिब्बू से हो सकता है।"

राधा के आँसू आ गए, पर वे मुस्कराईं, और किनारे खड़े बिरजू से हल्की आवाज में कहा, "अम्मा को खबर भिजवा दीजिए।" फिर बिरजू के बगल में रखे कनस्तर का संकेत किया और उसी हल्की आवाज में कहा, "सबको बाँट दीजिए।" बिरजू बून्दी के लड्डू से भरा कनस्तर पंडितजी के पास भोग चढाने के लिए ले गए। राधा ने अपना चेहरा अपनी गोद में छिपा लिया। सिसकियों से उनका शरीर हिलने लगा।

राधा को महसूस हुआ किसी ने उनकी दाहिनी बाँह पर हाथ रखा है। उन्होंने सिर उठाया। एक लड़की को देखा। लड़की बोली, "दीदी, क्यों रो रही हैं? हम सब ने कल क्लास में हल्ला किया था, इसलिए?"

राधा ने लड़की को प्यार किया, और कहा, ''नहीं, मेघा, नहीं। देख, चाचा लड्डू बाँट रहे हैं। जा कर ले ले।'' लड़की चली गई। राधा ने अपना चेहरा फिर नीचे करना शुरु किया, पर रुक गई। सामने काकी माँ और बिल्लू ताई खड़ीं थीं।

काकी माँ कड़े स्वर में बोलीं, ''क्या हुआ, री? क्यों रो रही है? तेरा दिमाग तो ठिकाने है? तुझे तो खुश होना चाहिए।''

राधा ने अपना सिर काकी माँ के घुटनों पर टिका दिया, और हाथों से काकी माँ के पैरों को लपेट लिया। ''काकी माँ, मेरी बहन का भी घर बसने वाला है। मैं खुश हूँ , बहुत खुश हूँ। मैं खुशी में रो रही हूँ। मुझे रोने दीजिए।''

बिल्लू ताई बैठ गईं और राधा को अपनी बाँहों मे ले लिया। ''क्या बात है? किसी ने तुझे कुछ गलत कहा है, क्या?''

काकी माँ भी बैठ गईं और राधा का सिर सहलाने लगीं। ''तुझे मेरी कसम है। बता।''

राधाः ''काकी माँ, ताईजी, यह कहीं सपना तो नहीं है? सब ठीक हो रहा है, न?''

बिल्लू ताईः ''ठीक ही तो हो रहा है। फिर क्या बात है? बोल, बेटी, बोल।''

राधाः ''कहीं पहले जैसा न हो जाए। सब ठीक होता रहेगा न, ताईजी?''

बिल्लू ताईः ''क्यों नहीं ठीक होता रहेगा?''

"जिन्दगी शुरु करी, तब तो ठीक नहीं हुआ। जब मैं गुरु माँ के पास थी, तो कभी–कभी रात को मीना और मेरी नींद खुल जाती। अँधेरे में लगता कि कमरे की दीवारें पास आतीं जा रहीं हैं, और हमारा दम घोट रहीं हैं। हम घबड़ातीं यह सोचकर कि बड़े होने पर हमारा क्या होगा। हम रोने लगतीं। दिन में देखतीं कोई छोटी लड़की अपने पिता के कंधों पर बैठी है, या उस के पिता उसे हवा में उछाल रहे हैं, या उस के पीछे भाग रहे हैं, या उसे मिठाई दिला रहे हैं, तो हम पूछतीं थीं कि हमारे साथ ऐसा क्यों नहीं हुआ। काकी माँ, ताईजी, हमने क्या पाप किया था?" राधा का रोना जारी था।

"तूने कोई पाप नहीं किया, मूरख। तूने पुण्य किया होगा। तभी तो तुझे गुरु माँ मिलीं। तेरी माँ बनने में उन्होंने कोई कसर नहीं छोड़ी।" काकी माँ रुकीं, और फिर हँसने लगीं।

राधाः "क्या हुआ, काकी माँ?"

काकी माँः "पिता के कंधों पर बैठने के लिए तू बहुत बड़ी और भारी हो गई है।"

बिल्लू ताई भी हँसी। "इस बात से तो मैं भी राजी हूँ। सच, कंधों पर बैठने के लिए तू बहुत बड़ी और भारी हो गई है।"

राधा मुस्कराई।

काकी माँ और बिल्लू ताई ने राधा का सिर थपथपाया। पास खड़ी औरतों को काकी माँ ने कहा, "खड़ी, खड़ी, क्या देख रही हो? तुम तो इसे नाचने–गाने ले जाने वालीं थीं। ले जाओ इस कलमुँही को।"

~ 10 ~

शिब्बू और मीना की शादी के तीन महीने बाद, अम्मा अपनी दोनों बहूओं के साथ घर के आंगन में बैठीं गेंहू बीन रहीं थीं। आंगन का दरवाजा खुला था। अम्मा बोलीं, ''शाम हो गई है। बाकी कल बीन लेंगे। दोनों का हरिद्वार से आने का वक्त हो गया है। दिन भर के गए हुए हैं। भूखे होंगे। चलो खाना बनाना शुरु करते हैं।''

राधा और मीना गेंहू इकट्ठे करने लगीं। घर के बाहर एक मोटर कार रुकी। रहमत अली और उनकी पुत्र वधू रहनुसा कार से उतरे और घर के अन्दर आए। अम्मा ने अपना सिर ढँका और जल्दी से उठीं। अम्मा की देखादेख, राधा और मीना भी खड़ी हो गईं, और अपने सिर ढँक लिए। फिर दोनों ने झुककर रहमत अली और रहनुसा को प्रणाम किया। रहमत अली ने दोनों के सिर पर हाथ रख कर दुआ दी। रहनुसा ने अम्मा के पैर छुए। अम्मा ने उन्हें गले लगाया।

अम्मा रहमत अली से बोलीं, ''नमस्ते, भाईसाहब। आपने तो मुझे अचम्भे में डाल दिया। कैसे आना हुआ? सब खैरियत तो है?''

रहमत अली मुस्कराए। ''सलाम, मेरी भाभीजान, सलाम। अल्लाह की मेहरबानी से खैरियत ही खैरियत है। क्या मैं अपनी भाभीजान को देखने नहीं आ सकता?'' उन्होंने

रहनुसा को इशारा किया, और रहनुसा ने अपने पर्स से निकाल कर मोती का एक हार मीना के गले में पहना दिया। फिर मीना के सिर पर हाथ फेर कर बोले, "यह हार तुम्हारे लिए सम्भाल कर रखा हुआ था। तुम्हारे निकाह पर मेरे बेटे और बहू आए थे।"

अम्मा ने दो मूढ़े आगे सरकाए। "बैठिए, भाईसाहब। रहनुसा बेटी, बैठो।" रहमत अली और रहनुसा बैठ गए। फिर अम्मा ने राधा और मीना को कहा, "कुछ नाश्ता ले कर आओ।"

रहमत अली ने अपनी सफेद दाढ़ी पर दाहिना हाथ फेरा। "नहीं, बेटी, नहीं। कुछ नाश्ता मत लाओ। मुझे हरिद्वार जल्दी लौटना है।"

अम्माः "इतने दिनों बाद आए हो। ऐसी भी क्या जल्दी है?"

रहमत अलीः "जल्दी है। अच्छा, भाभीजान, क्या मैं तीन दिनों के लिए बिरजू और शिब्बू को अपने पास हरिद्वार रख सकता हूँ? मुझे उनकी जरूरत है।"

अम्माः "मुझ से क्या पूछते हो? रख लो। तंग आजाओगे।"

रहमत अलीः "पर मैं चाहता हूँ कि बड़ी बहू को भी साथ ले जाऊँ। सुना है यह हलवा अच्छा बनाती है।"

अम्माः "ले जाओ। जरूर ले जाओ।"

रहमत अलीः "राधा बेटी, जाओ। अपने, बिरजू , और शिब्बू के तीन दिन के कपड़े ले कर आओ। मीना बेटी, तुम

भी जाओ और राधा बेटी की मदद करो। और हाँ, रहनु बेटी, तुम भी जाओ। देखना ये कोई जरूरी कपड़े भूल न जाएं।''

अम्माः ''राधा, स्कूल की फिकर मत करना। मैं काकी माँ को खबर भिजवा दूंगी। मीना तेरा काम सम्भाल लेगी।''

राधा, मीना, और रहनुसा कपड़े लेने घर के अन्दर चलीं गईं।

अम्माः ''भाईसाहब, मेरा मन घबड़ा रहा है। लगता है आप कुछ कहना चाहते हैं। कुछ बात है तो बताईए।''

रहमत अलीः ''बताता हूँ। तुम खड़ी हो। पहले बैठ जाओ। . . . ठीक है, बैठ गईं। किसी की जान का खतरा नहीं है, सो घबड़ाओ मत। बिरजू और शिब्बू को थोड़ी चोट आ गई है। हरिद्वार बस अड्डे में बस की छत पर सामान रख रहे थे। गिर गए। शौकत नीचे खड़ा था। दोनों को अस्पताल ले गया। शिब्बू के दाहिने घुटने में हल्की चोट आई है। पट्टी बांध दी गई है। लंगड़ा रहा है।''

अम्माः ''और बिरजू?''

रहमत अलीः ''उसकी चोट थोड़ी ज्यादा है। अन्दरूनी चोट है। टूटा कुछ नहीं । बदन में अकड़न और दर्द है। कमजोरी महसूस कर रहा है। डाक्टरों ने उसे अस्पताल में लेटा दिया है, और तीन दिनों के लिए हिलना–डुलना मना किया है। दवाई भी दे रहे हैं। मैंने सोचा बड़ी बहू को बिरजू के साथ होना चाहिए। इस समय शौकत और शिब्बू उस के साथ हैं। मैं बहू को हरिद्वार पहुँच कर सब बता दूँगा। अगर अभी बता दिया, तो हरिद्वार पहुँचने तक परेशान रहेगी। मैं

तुम को साथ ले जाता, पर तुम्हारा जाना मुनासिब नहीं। तुम और मीना यहाँ एक दूसरे को सम्भालो। अगर मुझे तुम्हारी जरूरत पड़ी, तो तुम्हें लेने मैं खुद आऊंगा। इन्शाल्लाह, तीन दिनों मे बिरजू, शिब्बू, और राधा तुम्हारे पास आ जाएंगे।''

अम्मा ने अपने हाथों से सोने की दोनों चूड़ी उतारीं और रहमत अली को देनें लगीं।

रहमत अलीः ''यह क्या, भाभीजान?''

अम्माः ''अब दोनों बहूएँ आ गईं हैं, तो मेरा इरादा था अगली दीवाली पर दोनों को एक–एक पहना दूंगी। पर अब नहीं। बेटों के बिना मेरी जिन्दगी नहीं । अगर इलाज के लिए कुछ चाहिए, तो इस में से निकाल लेना। और भी जरूरत पड़े तो बता देना। मैं यह घर गिरवीं रखवा दूंगी।''

रहमत अली के आँसू आ गए। ''यह क्या कह रही हो, भाभीजान? ज्यादा खर्च नहीं चाहिए। पर अगर कुछ बिकेगा तो पहले मेरी दुकान, फिर मेरा घर। तुम्हारी चूड़ी और घर की बारी उस के बाद आएगी। खुदा के घर में अपने यार को क्या चेहरा दिखाऊँगा कि मेरे पास दुकान और घर होते हुए मैंने तुम्हारी चूड़ी बेच दीं? कैसे कहूँगा उसको कि दूध–जलेबी के लिए चल? . . . अच्छा सुनो, अगर मेरे पास से कोई खबर नहीं आती है, तो समझना खुदा की खैर है।''

राधा, मीना, और रहनुसा एक थैले में कपड़े ले कर आईं। रहमत अली उठे, घर से बाहर गए, और मोटर कार की आगे वाली सीट पर बैठ गए। रहनुसा और राधा ने अम्मा के पैर छुए। अम्मा ने दोनों के सिरों पर हाथ फेरा। राधा और

रहनुसा पीछे वाली सीट पर बैठ गईं। रहमत अली मुस्कराए और बाहर खड़ीं अम्मा से बोले, ''बहूरानी से हलवा बनवाऊँ तो ठीक है?''

अम्माः ''जो कहोगे, करेगी, भाईसाहब।''

रहमत अलीः ''खुदा हाफिज, भाभीजान।''

अम्माः ''खुदा हाफिज, भाईसाहब।''

रहमत अली ने ड्राइवर को कार चलाने को कहा। कार चली गई। अम्मा और मीना खड़ीं देखतीं रहीं। अम्मा ने अपना बांया हाथ मीना के कंधे पर रखा और मीना की तरफ अपना भार झुका दिया। ''बहू, मुझे अन्दर ले चल।''

मीनाः ''क्या हुआ, अम्मा?''

अम्माः ''ले चल।''

बगल के घर का दरवाजा खुला। पड़ौसिन बाहर निकलीं। ''अरी बिरजू की अम्मा, क्या हुआ तुम्हें? मैंने छत से तुम्हें देखा।''

दोनों का सहारा लेकर अम्मा घर के अन्दर आईं, और आंगन के फर्श पर बैठ गईं। फिर दाहिनी करवट लेट गईं। पैर मोड़े और घुटने छाती पर लगा दिए। सांस फूल गयी। हाँफने लगीं। माथा पसीने से भर गया। हाथ फड़कने लगे। मीना एक गिलास पानी लाईं, और संभालकर अम्मा को बैठाया। धीरे–धीरे पानी पीते, अम्मा ने बताया क्या हो गया था।

⚞ 11 ⚟

तीन दिन गुजर गए। दोपहर हो गई थी। आंगन में बैठीं, अम्मा और मीना की नजर घर के दरवाजे पर थी। काफी इन्तजार के बाद घर के बाहर एक मोटर कार रुकी। अम्मा और मीना फुरती से उठीं और दरवाजे पर गईं। कार की सामने वाली सीट से शौकत उतरे और ड्राइवर को इन्तजार करने को कहा।

शौकत ने अम्मा के पैर छुए। ''आदाब, चाचीजान, आदाब।''

अम्मा ने शौकत को बाँहों में घेर लिया। ''जीते रहो, बेटा, जीते रहो। क्या खबर लाए हो?''

''पीछे की सीट पर देखिए, चाचीजान। तीनों अदद सही सलामत हैं।'' शौकत मीना की तरफ मुड़े। ''आदाब, भाभीजान। आपको आपके निकाह में देखा था। आप के मियाँ एक पैर पर उचक कर ऐसा चलते हैं कि मुझे तो हँसी आती है। आप चाहो तो आप भी हँस लेना।''

शिब्बू बिरजू और राधा कार से उतरे। राधा ने अम्मा के पैर छुए। शिब्बू और बिरजू धीरे–धीरे चल रहे थे। सब घर के अन्दर आंगन में गए। शौकत, बिरजू और शिब्बू आंगन में तख्त पर बैठ गए। राधा खड़ी रहीं। उनके आँसू बहने लगे।

शौकत राधा से बोले, "भाभीजान, आप घर आ गईं हैं। मेरे दोनों भाई घर आ गए हैं। सब खैरियत है। मुस्करा दीजिए।"

राधा धीमी आवाज में बोलीं, "मैं मुस्करा रही हूँ, भाईसाहब। आप के घर में चाचाजी और रहनुसा भाभी ने जिस प्यार से मुझे ठहराया, उस को सोचकर रोना आता है। गुरु माँ और बिन्दू चाचा–चाची मुझे लेने आए, पर आपने अपने पास ही ठहराया। मेरे खाने का इन्तजाम किया। मुझे रोज अस्पताल ले जाते और ले आते।"

शौकतः "पिछले दिनों आप तनाव में रहीं। उस के बावजूद, अब्बा के कहने पर आप ने हलवा बनाया। हम सब तो बरतन चाटते ही रह गए। आप से हम सब को अनोखा प्यार मिला।"

राधाः "आपने तो बताया नहीं, भाईसाहब, पर मुझे नर्स से पता चला कि इन्होंने काफी खून खोया था। इनको खून की जरूरत थी। आपने ने खून दिया। मेरे हरिद्वार पहुँचने से पहले ही आप खून दे चुके थे।"

शौकतः "शिब्बू भाई ने दिया।"

राधाः "नर्स ने कहा आपने भी दिया।"

"मैंने तो कंजूसी करी। थोड़ा सा ही दिया।" शौकत मुस्कराए।

पास खड़ीं, अम्मा ने शौकत को फिर बाँहों में घेर लिया। "यह क्या किया तुमने बेटा? तुम्हारा एहसान तो मैं कभी लौटा नहीं पाऊँगी।"

शौकतः ''मैं भी तो चाचाजान का एहसान कभी लौटा नहीं पाया हूँ, और न ही कभी लौटा पाऊँगा। अब्बा कहते हैं कि उस दिन चाचाजान ने मेरी जान बचाई थी। जीते–जी अम्मी ने याद रखा। चाचाजान को हर साल राखी बांधतीं थीं। अब्बा अभी भी याद रखते हैं। जितने दिन मैं जिन्दा हूँ, मैं भी याद रखूँगा।''

बिरजू बोल पड़े, ''कौन चाचाजान, अम्मा?''

अम्माः ''तेरे पिताजी, बेटा।''

शौकतः ''बिरजू भाई, तुम्हे नहीं मालूम? चाचीजान ने क्या बताया नहीं?''

अम्माः ''ऐसी बातें मुँह पर लाईं नहीं जातीं, बेटा।''

शौकतः ''तो मैं मुँह पर लाता हूँ । मेरे माथे पर जो निशान है, उसकी कहानी । कुछ तो मुझे खुद याद है, और कुछ अब्बा ने बताया। बिरजू भाई, तुम तो पैदा नहीं हुए थे। मैं छोटा था। चाचाजान अब्बा के पुराने ग्राहक बन चुके थे। एक दिन चाचाजान दुकान पर आए । अब्बा दुकान पर नहीं थे। दुकान में काम करने वाले ने बताया कि अब्बा को बुखार है, और वे घर में हैं। सामान खरीद कर, चाचाजान अब्बा को देखने घर आए। अब्बा और चाचाजान घर के बाहर धूप में आरामकुर्सियों पर बैठे बातें कर रहे थे। मैं घर के सामने मैदान में बॉल से खेल रहा था। मैं ने बॉल फेंकी तो वह एक पेड़ की ऊँची टहनी में अटक गई। अब्बा को बिना बताए, मैं पेड़ पर चढ़ गया।''

अम्माः ''उन दिनों शैतानी भी तो तुम बहुत करते थे।''

शौकतः ''बॉल के पास मैं पहुँचा ही था कि मैं फिसल कर गिर गया। मेरी चीख सुनकर चाचाजान भागे आए। बुखार में अब्बा को चक्कर आ रहा था, और वे खड़े नहीं हो पाए। चाचाजान ने मुझे उठाया और फुर्ती से अस्पताल ले गए। वहाँ मेरे माथे पर टाँके लगवाए। मुझे खून की जरूरत थी क्योंकि मैं काफी खून खो चुका था। चाचाजान ने खून दिया। मेरी जान बचाई। पड़ौसी का सहारा लेकर जब अब्बा अस्पताल पहुँचे और उन्हें सब मालुम चला, तो उन्होंने चाचाजान को गले लगा लिया और बोले, 'आज तक आप मेरे ग्राहक थे। आज से तुम मेरे यार भी हो, मेरे भाई भी हो।' और वे दोनों हमेशा यार भी रहे और भाई भी रहे।''

रसोई से मीना निकलीं। मीना के हाथों में कई तश्तरियाँ और कटोरियाँ थीं जो उन्होंने एक चौपाई पर रख दीं। रसोई लौटकर, वे दो कूंडी में दही और अचार लाईं। मीना के पीछे एक महिला रसोई से बाहर आई। उन के हाथों में एक थाली थी जिस में कई पराँवठे थे। महिला अम्मा से बोलीं, ''मेहमान आए हैं, मौसी। ये पराँवठे नाश्ते के लिए बना दिए।''

अम्माः ''अरी, बैजन्ती, यह तो तू ने बहुत अच्छा किया। यह तो मुझे करना था, पर मेरा तो दिमाग काम ही नहीं कर रहा।''

शिब्बू उठे और बैजन्ती से बोले, ''भाभी, आप ने मेरे मन की बात कर दी। मुझे नहीं मालूम था आप यहाँ हैं। शौकत

भाईसाहब, ये मेरी पराँवठा भाभी हैं। इन के पराँवठे इतने मशहूर हैं कि देश–विदेश जाते हैं।''

शौकतः ''नमस्ते, भाभीजान।''

बैजन्तीः ''नमस्ते, भाईसाहब। शिब्बू भैया की बातों पर ध्यान न दें।''

शौकतः ''पराँवठों को देख कर तो लग रहा है कि शिब्बू भाई ठीक कह रहे हैं। मेरा तो मन चल गया है। देर हो रही है, और मैं हरिद्वार जल्दी लौटना चाहता था। पर अब तो आपके पराँवठे खाकर ही जाऊँगा।''

मीना कुछ दही, पराँवठे, और अचार बाहर ड्राइवर के लिए ले गईं। नाश्ते के बाद, शौकत ने अम्मा के पैर छुए और हरिद्वार लौटने की इजाजत मांगी। बिरजू ने उठने की कोशिश करी, पर शौकत ने उन्हें रोक दिया। बाकी सब शौकत को छोड़ने घर के बाहर तक गए। कार चली जाने के बाद, सब अन्दर आंगन लौटे।

बैजन्ती अम्मा से बोलीं, ''मौसी, मैं आप को बार–बार कहती आई थी कि दोनों भैया ठीक–ठाक लौट आएंगे। और वे लौट आए है। अब मुझे घर चलना चाहिए।''

अम्माः ''बैजन्ती, रुक। मुझे कुछ कहना है। बिरजू और शिब्बू , जब से तुम्हारी खबर फैली, मीना और मुझे तुम्हारे दोस्तों और उनकी बीबीयों का लगातार सहारा रहा। एक दोस्त सुबह की बस से हरिद्वार जाता। दोपहर को लौटता और तुम्हारी खबर देता। दूसरा दोस्त दोपहर को जाता और

शाम को आकर खबर देता। किसी न किसी की बीबी हमारे साथ दिन और रात रहती। राधा के जाने के बाद से और तुम्हारे लौटने तक, इस घर में खाना नहीं बना। जो भी औरत आती, अपने घर से खाना लाती। कल मौके से स्कूल की छुट्टी है। मैं इन सब को दोपहर खाने पर बुला रही हूँ। मीना, तू बैजन्ती के साथ जा, और इनके दोस्तों के घरों में कल के खाने का न्यौता देदे।"

≈ 12 ≈

अगली सुबह अम्मा मंदिर गईं हुईं थीं। बिरजू और शिब्बू आंगन में तख्त पर बैठे थे। मीना आईं। एक गिलास दूध बिरजू के सामने चौपाई पर रखा, और दूसरा गिलास दूध शिब्बू के सामने चौपाई पर पटक दिया। उनके पीछे राधा आईं। एक कटोरा दलिया शिब्बू के सामने चौपाई पर रखा, और दूसरा कटोरा दलिया बिरजू के सामने चौपाई पर जोर से पटक दिया। दोनों बिना कुछ बोले रसोई में चलीं गईं।

बिरजू धीमे स्वर में बोले, "क्यों रे, शिब्बू क्या ये दोनों हम से नाराज हैं?

शिब्बू भी धीमे स्वर में बोले, "लगता तो ऐसा ही है। पर हो सकता है, हम गलत समझ गए हैं। ऐसा करते हैं, पहले दलिया खा लेते हैं, और दूध पी लेते हैं। इनका गुस्सा तब तक शान्त हो जाएगा। नहीं हुआ, तो पूछ लेंगे। कोई छोटी सी बात होगी।"

दलिया और दूध खत्म कर, शिब्बू फिर धीमे स्वर में बोले, "लाओ, मैं बर्तन रसोई में रख आता हूँ। परख भी लूँगा वहाँ मौसम कैसा है।"

शिब्बू बर्तन रख कर तेजी से लौटे और तख्त पर बैठ गए। "वहाँ तो अंगारे बरस रहे हैं, भैया। दोनों ने मुझे इतने गुस्से से देखा कि मैं तो भस्म होने वाला था।"

बिरजूः "इतनी नाराज हैं? क्यों?"

शिब्बूः "तुमने कुछ गलत काम किया होगा।"

बिरजूः " मैं ने कोई गलत काम नहीं किया। भस्म–दृष्टि से तू देखा गया। तूने कुछ गलत काम किया होगा।"

शिब्बूः "मैं ने भी कोई गलत काम नहीं किया।"

बिरजूः "तो फिर क्या बात है?"

शिब्बूः "मैं नहीं जानता। तुम ही इनसे पूछ लो कि क्यों नाराज हैं।"

बिरजूः "नहीं, तू पूछ।"

शिब्बूः "तुम पूछो।"

बिरजूः "तू पूछ।"

शिब्बूः "अच्छा, मैं पूछता हूँ। अगर मैं किसी खतरे में पड़ गया, तो मेरी रक्षा करोगे।"

बिरजूः "करूँगा। पर अगर मैं भी खतरे में पड़ गया, तो अम्मा को हमारी रक्षा करनी होगी।"

शिब्बू ऊंची आवाज में बोले, "भाभी, क्या आप दोनों हम दोनों से नाराज हैं?"

रसोई से राधा ने जबाब दिया, "हमें नाराज होने का क्या हक है?"

शिब्बू: "नाराज होने का क्यों हक नहीं है?"

राधा: "जब आप दोनों हमारी परवाह ही नहीं करते।"

शिब्बू: "आपको कैसे मालूम हम परवाह नहीं करते?"

राधा: "क्योंकि आप हमारे बारे में सोचते नहीं हैं।"

शिब्बू: "आपको कैसे मालूम हम आपके बारे में सोचते नहीं हैं?"

राधा: "अगर आप हमारे बारे में सोचते होते, तो ऐसा नहीं करते जैसे आपने किया। ऐसा ही करना था, तो आप हमें लाए क्यों थे? हमें वापस गुरु माँ के पास जाने दीजिए।"

शिब्बू: "हम ने क्या किया?"

राधा: "आपको अच्छी तरह मालूम है आपने क्या किया।"

शिब्बू: "अगर हमें मालूम होता, तो हम पूछते क्यों?

राधा: "हमें नहीं मालूम आप क्यों पूछ रहे हैं।"

शिब्बू: "आपको नहीं मालूम हम क्यों पूछ रहे हैं, और हमें नहीं मालूम हम क्या पूछ रहे हैं। यह समस्या तो जटिल है।"

राधा: "समस्या आप ने बनाई है।"

शिब्बू: "हमने बनाई है?"

राधाः ''हाँ, आपने बनाई है।''

शिब्बूः ''हमें तो समस्या ही नहीं मालूम। उसे बना कैसे सकते हैं?''

अम्मा ने घर में प्रवेश किया। ''लो, तुम सब के लिए प्रसाद लाई हूँ।''

बिरजूः ''अम्मा, ये दोनों कह रहीं हैं कि ये वापस गुरु माँ के पास लौटना चाहतीं हैं। हम पर नाराज हैं, पर बता नहीं रहीं क्यों नाराज हैं?''

अम्माः ''नाराज नहीं हों, तो क्या तुम्हें शाबाशी दें?''

बिरजूः ''तो आप को मालूम हैं ये क्यों नाराज हैं?''

अम्माः ''तुम दोनों हरकतें ही ऐसी करते हो।''

बिरजूः ''हम ने क्या किया, अम्मा?''

अम्माः ''तुम अच्छी तरह जानते हो तुमने क्या किया।''

बिरजूः ''अम्मा, अब आप मत शुरु करो।''

अम्माः ''क्या नहीं शुरु करूँ, मैं?''

बिरजूः ''जो ये दोनों कर रहीं हैं।''

अम्माः ''ये दोनों क्या कर रहीं हैं?''

बिरजूः ''जो आप कर रहीं हैं।''

अम्माः ''जी में आता है, इस लाठी से तुम दोनों की खाल उधेड़ दूँ।''

बिरजू: "क्यों, अम्मा?"

अम्मा: "क्या यह सच है, जो मैंने सुना है?"

बिरजू: "क्या सुना है, आपने?"

अम्मा: "कल शौकत के जाने के बाद, जो राधा ने मुझे बताया।"

बिरजू: "राधा ने आपको क्या बताया?"

अम्मा: "जो रहनुसा ने राधा को बताया।"

बिरजू: "रहनुसा भाभी ने राधा को क्या बताया?"

अम्मा: "जो शौकत ने रहनुसा को बताया।"

बिरजू: "शौकत भाईसाहब ने रहनुसा भाभी को क्या बताया?"

अम्मा: "जो उस ने बस अड्डे में देखा।"

बिरजू: "शौकत भाईसाहब ने क्या देखा?"

अम्मा: "तुम दोनों को चोट कैसे आई?"

बिरजू: "गिर गए, अम्मा।"

अम्मा: "कहाँ से गिरे थे?"

बिरजू: "बस से।"

अम्मा: "बस में, कहाँ से?"

बिरजू: "बस की सीढ़ी से।"

अम्माः '' सीढ़ी पर क्या कर रहे थे?''

बिरजू: ''उतर रहे थे।''

अम्माः ''सीढ़ी से क्यों उतर रहे थे?

बिरजू: ''उस से पहले सीढ़ी पर चढ़े थे।''

अम्माः ''सीढ़ी पर क्यों चढ़े थे?''

बिरजू: ''बस की छत पर गए थे।''

अम्माः ''छत पर क्यों गए थे?''

बिरजू: ''रहमत चाचा से जो सामान खरीदा था, उसे रखने।''

अम्माः ''उतरते वक्त सीढ़ी से क्यों गिरे थे?''

बिरजू: ''बस एकदम झटके से चल दी, अम्मा।''

अम्माः ''तुम्हें मालूम था कि बस चलने वाली है?''

बिरजू: ''हाँ, अम्मा।''

अम्माः ''कैसे मालूम था?''

बिरजू: ''कन्डक्टर ने सीटी बजा दी थी।''

अम्माः ''कन्डक्टर सीटी कब बजाता है?''

बिरजू: ''जब वह ड्राइवर को बस चलाने को कहता है।''

अम्माः ''तो कन्डकटर ड्राइवर को बस चलाने को कह चुका था?''

बिरजू: ''जी, अम्मा।''

अम्मा: ''उसके बावजूद भी तुम दोनों बस की छत पर चढ़े?''

बिरजू: ''जी, अम्मा।''

अम्मा: ''क्यों?''

बिरजू: ''जोर से बोलो 'रोक के', झट सामान रख के, पकड़ो बस लपक के।''

अम्मा: ''क्या कहा?''

बिरजू: ''हम ने सोचा हम जल्दी से सामान छत पर रख देंगे, और फिर बस के अन्दर लपक लेंगे। छत पर चढ़ने से पहले हम कन्डक्टर को चिल्लाए 'रोक के, रोक के', पर शायद उसने सुना नहीं, और बस चल दी। हम तो ऐसा कई बार कर चुके हैं। पहली बार गिरे हैं।''

अम्मा: ''और कितनी बार गिरना चाहते हो?''

बिरजू: ''अब नहीं।''

अम्मा: ''क्या तुम अगली बस से नहीं आ सकते थे?''

बिरजू: ''अगली बस दो घंटे बाद थी, अम्मा। अगर उस बस से आते तो देरी हो जाती।''

अम्मा: ''तो क्या हुआ?''

बिरजू: ''आप पूछतीं हम देर से क्यों आए।''

अम्माः ''जरूर पूछती। पर मेरा पूछना ज्यादा बुरा था, या तुम्हारा बस से गिरना?''

बिरजूः ''बस से गिरना।''

अम्माः ''क्या तुम ने सोचा बहूओं पर क्या बीती, जब इन्होंने सुना तुम गिर गए थे?''

बिरजूः ''अब सोच लिया, अम्मा।''

अम्माः ''तो अब से ऐसा करोगे?''

बिरजूः ''नहीं, अम्मा।''

''तुम दोनों तो मेरी जान लेकर छोड़ोगे।'' फिर अम्मा ने ऊँची आवाज लगाई । ''राधा, मीना, रसोई में क्यों छिप रही हो? इधर आओ।''

राधा और मीना आईं और अम्मा के पास खड़ी हो गईं। अम्मा कड़े स्वर में उन से बोलीं, ''सुना तुमने? मुझे ढेर सवाल पूछने पड़े सच निकालने को। नहीं तो ये बात घुमा देते। इन्होंने कह दिया है कि अब ऐसा नहीं करेंगे। अपनी नाराजगी खत्म करो। गृहस्थ चलाने को सौ कसूर माफ करने होते हैं।''

शिब्बूः ''सौ कसूर, अम्मा? भैया और मुझ से मिलकर एक हुआ है। भैया आधे का जिम्मेदार हैं, और मैं आधे का। इसका मायने गृहस्थ चलाने को भैया के साढ़े निन्यानवे और मेरे साढ़े निन्यानवे कसूर बाकी हैं।''

अम्माः ''चुपकर, तू। जब तुम दोनों हरिद्वार में थे, मैंने तुम्हारे ठीक लौटने की मनौती की थी। तुम्हारे आने पर,

मनौती पूरी करने मैं मंदिर गई थी। पर तुम पर इतनी गुस्सा थी कि मैं तुलसी में जल चढ़ाना भूल गई। जल चढ़ाकर अभी वापस आती हूँ।''

अम्मा चलीं गईं। राधा और मीना वहीं खड़ीं रहीं।

बिरजू: ''क्या तुम दोनों अब भी हम दोनों से नाराज हो?''

राधा: ''आप दोनों काम ही ऐसा करते हैं। हमारे बारे में सोचते ही नहीं।''

बिरजू: ''मैं तो सोचता हूँ।''

शिब्बू: ''मैं भी सोचता हूँ। बहुत सोचता हूँ। भैया से दोगुना सोचता हूँ।''

बिरजू: ''मैं इससे चार गुना सोचता हूँ।''

शिब्बू: ''फिर मैं उसका दोगुना सोचता हूँ।''

मीना: ''हमें कैसे मालूम?''

शिब्बू: ''यह भी बताना होगा। अच्छा, मैं बताता हूँ . . . हाँ, आ गया। मीना, अगर मैं तुम्हारे बारे में नहीं सोचता तो मैं सन्यासी बन गया होता। बन जाता बाबा राम दास। बद्रीधाम में करता वास।''

राधा: ''सन्यासी बन कर क्या करते?''

शिब्बू: ''लोगों को उपदेश देता।''

मीना: ''क्या उपदेश देते?''

शिब्बू: ''मैं कहता... क्या कहता मैं? हाँ, मैं कहता कि जिह्वा पर नियंत्रण रखो। भोगों में आसक्त न हो। यह मत मानो कि तुम यह शरीर ही। तुम सत् चिदानन्द हो। इस जड़–चेतन के संसार को स्वप्नवत् मानो। विधि के विधान अनुसार सब कुछ होता है।''

राधा: ''तो क्या आपका बस से गिरना विधि के विधान अनुसार था?''

शिब्बू: ''हाँ, भाभी, हाँ।''

बिरजू: ''हमारा कोई दोष नहीं था।''

शिब्बू: ''हाँ, हमारा कोई दोष नहीं था। हम तो बस निमित्त मात्र थे।''

राधा: ''बस की छत पर तो आप अपनी मर्जी से चढ़े थे। निमित्त मात्र कैसे थे?''

शिब्बू: ''भाभी, यह गूढ़ तत्व की बात है। इसको समझने के लिए आपको और मीना को अपने ज्ञान चक्षु खोलने होंगे। अगर आाप दोनों के ज्ञान चक्षु खुले होते, तो आप भैया और मुझ से नाराज नहीं हुईं होतीं।''

बिरजू: ''हाँ, राधा और मीना, तुम को हम से नाराज नहीं होना चाहिए था। दुनिया में हर औरत को अपने आदमी से कुछ न कुछ शिकायतें होतीं है। इसका मतलब यह तो नहीं कि वह नाराज हो जाती है।''

शिब्बू: ''अगर ऐसी कोई औरत है, जिस को अपने आदमी से कोई भी शिकायत नहीं, तो उस आदमी को सभ्य समाज से निकाल देना चाहिए।''

बिरजू: ''वह आदमी हम सब भले मानुषों को बुरा नाम दे रहा है।''

राधा: ''आप चाहते हैं कि हम आप दोनों की बातों में आ जाएं?''

बिरजू: ''कोशिश तो ऐसी ही कर रहे हैं।''

राधा: ''हम आप दोनों की बातों में नहीं आने वालीं।''

शिब्बू: ''भाभी, भैया आप से कुछ कहना चाहते है, पर झिझक रहे हैं। चाहते हैं मैं कह दूँ, पर मैं भी झिझक रहा हूँ।''

राधा: ''झिझकिए मत। कह दीजिए।''

शिब्बू: ''कह दूँ।''

राधा: ''हाँ, कह दीजिए।''

शिब्बू: ''भैया आपकी इजाजत मांगना चाहते हैं।''

राधा: ''बस की छत पर चढ़ने से पहले तो मेरी इजाजत नहीं मांगी थी। अब क्यों मांग रहे हैं?''

शिब्बू: ''उस समय आप वहाँ नहीं थीं, तो आप से इजाजत नहीं मांग पाए। अब आप इधर हैं। इसलिए आप से इजाजत मांग रहे हैं।''

राधा: ''किस बात की इजाजत?''

शिब्बू: ''दोबारा शादी करने की।''

राधा, आवेश में: ''दोबारा शादी करने की?''

179

शिब्बू: ''जी हाँ, भाभी। भैया दोबारा शादी करना चाहते हैं।''

राधा: ''आप के भैया जो मरजी करें। मैं वापस गुरु माँ के पास चली जाती हूँ।''

शिब्बू: ''आप वापस गुरु माँ के पास नहीं जा सकतीं।''

राधा: ''क्यों नहीं?''

शिब्बू इत्मिनान से गला साफ कर, भोला चेहरा बना कर, शर्माते हुए बोले, ''क्योंकि भैया जो दोबारा शादी करना चाहते हैं, वह आप से करना चाहते हैं।''

राधा: ''मुझसे?''

शिब्बू: ''हाँ, आप से।''

राधा: ''मुझसे क्यों? क्या मुझसे तंग नहीं आए अभी तक?''

शिब्बू: ''न, भाभी, न। हमेशा तो आप की सोचते रहते हैं, दुकान में, हरिद्वार में, अस्पताल में। उस दिन जल्दी घर लौटना चाहते थे, तभी तो बस की छत पर चढ़े थे।''

राधा झेंपते हुए बोलीं, ''आप लोग ऐसी बातें करते हैं कि समझ में नहीं आता कि क्या जबाब दें। आप दोनों से तो हमारी पार नहीं बसती।''

शिब्बू: ''मीना, अगर भैया और भाभी दोबारा शादी करते हैं, तो तुम और मैं भी दोबारा शादी कर लेंगे। अब तक के

हमारे सारे कसूर मिट जाएंगे। फिर हम नए कसूर कर सकते हैं। और मैं बद्रीधाम नहीं जाऊंगा। राजी हो?''

मीनाः ''जैसा दीदी ने अभी कहा, हमारे पास आप के सवालों का कोई जबाब नहीं है।''

राधाः ''अम्मा ने हम दोनों को मंदिर जाने को कहा था। हम वहाँ जा रहीं हैं।''

राधा और मीना मंदिर चलीं गईं। बिरजू और शिब्बू ने राहत की सांस ली, मुस्कराए, और एक दूसरे की पीठ थपथपाई।

शिब्बूः ''हम बच गए, बच गए, बच गए।''

बिरजूः ''हाँ, हम बच गए, बच गए, बच गए।''

शिब्बूः ''दोनों का मिजाज ठंडा हो गया है।''

बिरजूः ''दोबारा शादी करने की बात तो ब्रह्मास्त्र का काम कर गई।''

शिब्बूः ''ब्रह्मास्त्र तो तुम्हें चलाना था।''

बिरजूः ''मैं सोच ही नहीं पाया कि क्या कहूँ ।''

शिब्बूः ''जब पत्नी बनाए तुम्हारी चटनी, होकर क्रुद्ध करे युद्ध, इतनी हो नाराज कि कान में आ जाए खाज, तो मत घबड़ओ, ब्रह्मास्त्र चलाओ, ब्रह्मास्त्र चलाओ।''

बिरजूः ''मुझे फुर्ती से ब्रह्मास्त्र चलाना सीखना होगा।''

शिब्बूः ''ब्रह्मास्त्र चलाते वक्त पहले तो भोला चेहरा बनाओ। फिर कोई चिकनी–चुपड़ी बात कहो कि सख्त बीबी पिघल जाए जैसे गरम तवे पर मक्खन।''

बिरजूः ''हमारे पूर्वजों ने ठीक कहा है कि एक आदमी के पास एक ही बीबी होनी चाहिए। अगर किसी आदमी के पास दो बीबी हुईं, तो ब्रह्मास्त्र चलाते–चलाते वह थक जाएगा। कभी एक बीबी पर, तो कभी दूसरी बीबी पर। दुःखी हो जाएगा।''

शिब्बूः ''कहता होगा कि उसके पास एक बीबी ज्यादा हो गई है।''

बिरजूः ''जिस आदमी के पास एक ही बीबी है, पर वह इतनी नखरीली है, कि उस पर बार–बार ब्रह्मास्त्र चलाना पड़ता है, वह आदमी भी यही कहता होगा कि उसके पास एक बीबी ज्यादा है।''

शिब्बूः ''क्या तूम भूल गए कि अम्मा आतीं होंगी? वे भी तो हमसे नाराज हैं। उन पर भी तो ब्रह्मास्त्र चलाना होगा।''

बिरजूः ''मिल कर चलाएंगे। कौनसा?''

शिब्बूः ''वाह, भई, वाह जी, वाह, भई, वाह।''

बिरजूः ''बिलकुल ठीक। वाह, भई, वाह जी, वाह, भई, वाह।''

थोड़ी देर बाद अम्मा आईं। बोलीं, ''जल चढ़ाते वक्त कुछ औरतें मिल गईं। तुम्हारे बारे में पूछ रहीं थीं। इसलिए

मुझे लौटने में देरी हो गई। आते वक्त देखा राधा और मीना जा रहीं थीं। दोनों खुश थीं। क्या गुल खिलाया तुमने?''

बिरजू: ''कुछ नहीं, अम्मा। हम तो इतने भोले हैं कि हमें गुल खिलाना आता ही नहीं । जब वे हमसे नाराज हुईं, तब उनकी बुद्धि भ्रष्ट हो गई थी। फिर उन्हें समझ आ गया कि उनको हम पर नाराज नहीं होना था। पर हम उनके इस कसूर पर ध्यान नहीं दे रहे हैं। थोड़ी देर पहले, आपने ही तो कहा था कि गृहस्थ चलाने को हमें सौ कसूर माफ करने होंगे। सुबह की नाराज अगर दोपहर तक नाराज नहीं रहीं, तो वह नाराज नहीं कहलातीं।''

अम्माः ''वे नाराज हों न हों, मैं तो तुम दोनों से बहुत नाराज हूँ।''

शिब्बू उठे, अम्मा के कन्धों पर हाथ रखा और आहिस्ते से ला कर उनको बिरजू के बगल में तख्त पर बैठा दिया। फिर खुद अम्मा के बगल में बैठ गए। अम्मा के बाएं बिरजू और दाएं शिब्बू । बिरजू ने अपना दाँया हाथ अम्मा के कन्धों पर रखा और अपनी तरफ खींचा। शिब्बू ने अपना बाँया हाथ अम्मा के कन्धों पर रखा और अपनी तरफ खींचा। बिरजू अपनी तरफ खींचते, और शिब्बू अपनी तरफ। इस तरह दोनों अम्मा को झरोखने लगे।

अम्माः ''क्या कर रहे हो, तुम दोनों? छोड़ो मुझे।''

बिरजू और शिब्बू अम्मा को झरोखते रहे।

बिरजू ने गाना शुरु किया। ''दोस्तों से एक बात सुनी।''

शिब्बू: ''क्या, भई, क्या?''

बिरजू: ''सबसे अच्छी।''

शिब्बू: ''हमरी अम्मा।''

बिरजू और शिब्बू: ''वाह, भई, वाह जी, वाह, भई, वाह। वाह, भई, वाह जी, वाह, भई, वाह।''

शिब्बू: ''सब से अच्छी।''

बिरजू: ''हमरी अम्मा।''

बिरजू और शिब्बू: ''वाह, भई, वाह जी, वाह, भई, वाह। वाह, भई, वाह जी, वाह, भई, वाह।''

अम्मा: ''बस करो। अगर भगवानजी कभी मुझे मिलें, तो मैं उन से पूछूँगी कि उन्होंने तुम दोनों बद्तमीज मुझे ही क्यों दिए।''

बिरजू: ''उसका जबाब तो आसान है, अम्मा। मैं ने आप को चुना था।''

अम्मा: ''क्या दोष था मेरा?''

बिरजू: ''मैं लड़कों की एक लम्बी कतार में खड़ा था। जब मेरी बारी आई, तो भगवानजी ने पूछा, 'ऐ, कहाँ जन्म लेना चाहता है, तू?' और उन्होंने मुझे एक लम्बा कागज पकड़ाया। उस पर आप के नाम के आगे लिखा था कि, पूरे ब्रह्मान्ड में, इमली की सब से धाकड़ चटनी आप बनातीं हैं। मैंने झट आपको चुन लिया।''

शिब्बू: ''कतार में भैया से काफी पीछे मैं खड़ा था, पर मैंने भैया का जबाब सुन लिया। मेरी बारी आने पर मैं ने भी आप को चुन लिया। पर मैं ज्यादा ऊँचा बोल गया। बाकी लड़कों ने सुन लिया। सब हल्ला करने लगे कि आप को चुनेंगे। लड़कों ने भगवानजी का घेर लिया। लड़के नारे लगाने लगे, 'खाएंगे, खाएंगे, हम इमली चटनी खाएंगे, खूब मौज उड़ाएंगे।' हंगामा मच गया। लड़कों में धक्का–मुक्की होने लगी। भगवानजी को पुलिस बुलानी पड़ी। पुलिस ने जब डण्डे बरसाए, तब लड़के भाग गए। मैं एक खम्बे की पीछे छिप गया।''

अम्मा ने हल्के से एक–एक चपत बिरजू और शिब्बू के गालों पर लगाया। ''तो इसलिए भगवानजी खुद तो बच गए, और तुम दोनों को मुझ पर पटक दिया। . . . लो, राधा और मीना आ गईं। चलो बहूओं, दोपहर का खाना बनाना है। याद है न इनके दोस्त और उनकी बीबियाँ आतीं होंगी। काफी कुछ बनाना है।''

शिब्बू: ''हमारे गिरने पर बस रुक गई थी। शौकत भाईसाहब पास खड़े एक टिकट बाबू को जानते थे। भाईसाहब ने बाबू को हमारा सामान उतरवा कर अपने पास रखने को कहा, और हमें फौरन अस्पताल ले गए। वही सामान कल भाईसाहब मोटर कार से यहाँ ले आए। घर पहुँचने से पहले सामान दुकान पर उतार दिया था। मैं दूकान जाता हूँ। सामान ठीक तरह लगा दूँगा। फिर कल से दुकान खोल देंगे।''

बिरजू: ''अम्मा, मैं भी इस के साथ चला जाता हूँ।''

अम्माः "एक लगड़ा रहा है, और दूसरे का बदन इतना अकड़ा हुआ है कि तिरछा चल रहा है। दुकान जाना क्या इतना जरूरी है?"

बिरजूः "अम्मा, चलता–फिरता रहा तो बदन की अकड़न कम हो जाएगी।"

अम्माः "तो जाओ, पर खाने तक आ जाना।"

बिरजू और शिब्बू दुकान चले गए।

अम्माः "राधा और मीना, चलो रसोई में।"

अम्मा, राधा, और मीना रसोई में गईं।

"मीना तू अपनी खीर बना, और राधा तू अपना हलवा। जिसकी जो मरजी, ले लेगा। इन सब ने हमारी मदद करी है। खाना अच्छा होना चाहिए।" अम्मा ने अपने हाथों से सोने की दोनों चूड़ी उतारीं। "मैंने मन बनाया था कि अगली दीवाली पर तुम्हें यह चूड़ी दूंगी। मेरे पास तुम्हें देने को और कुछ नहीं है। मेरे बेटे ठीक––ठाक घर आ गए हैं। मेरे लिए आज ही दीवाली है। लो, एक––एक पहन लो। यह चूड़ी तुम्हें इस घर से बांधे रखेंगी।"

राधाः "नहीं, अम्मा। ये चूड़ी तो आप की हैं।"

अम्माः "मेरी थीं। अब तुम्हारी हैं। पहन लो।"

राधा और मीना ने अम्मा के पैर छुए और चूड़ी पहन लीं। तीनों ने खाना बनाना शुरु कर दिया। अम्मा आटा गूंध रहीं थीं, मीना चावल भिगो रहीं थीं, और राधा सूजी भून रहीं थीं।

राधाः ''अम्मा, आप के आँसू आ रहे हैं। क्या बात है?''

अम्माः ''मेरे बेटों की नादानी पर मुझे गुस्सा आता है। तुम्हारी नादानी पर मुझे रोना आ रहा है।''

मीनाः ''हम ने क्या किया, अम्मा?''

साड़ी के पल्ले से अम्मा ने अपनी आंखें पौंछी। ''अगर हम औरतों से कुछ गलती हो जाए, तो हमें सब से पहले बुराई दूसरी औरतों से ही मिलती है?''

मीनाः ''जी, अम्मा।''

अम्माः ''तो आज सब से पहले मैं ही तुम्हें टोकूंगी।''

राधाः ''क्या हुआ, अम्मा?''

अम्माः ''तुम आज बिना सोचे बोलीं।''

राधाः ''हम माफी मांगतीं हैं, अम्मा। पर हमारी गलती बता दीजिए।''

अम्माः ''मेरे बेटों में क्या बुराई हैं?''

राधाः ''मैं समझी नहीं, अम्मा।''

अम्माः ''कुछ देर पहले मैंने बेटों से ढेर सवाल पूछे थे। अब तुम से पूछूंगी। मेरे सवालों का जबाब दोनों मिलकर दो।''

राधा और मीनाः ''जी, अम्मा।''

अम्माः ''मेरे बेटों ने कभी किसी और औरत की तरफ आँख उठाकर देखा है?''

राधा और मीनाः ''नहीं, अम्मा।''

अम्माः ''कोई नशा किया है?''

राधा और मीनाः ''नहीं, अम्मा।''

अम्माः ''दुकान की कमाई किसी शौक में उड़ा दी, और घर खाली हाथ आ गए?''

राधा और मीनाः ''नहीं, अम्मा।''

अम्माः ''तुम पर हाथ उठाया?''

राधा और मीनाः ''नहीं, अम्मा।''

अम्माः ''गाली—गलौज करी?''

राधा और मीनाः ''नहीं, अम्मा।''

अम्माः ''तुम्हें किसी तरह की चोट पहुँचाई?''

राधाः और मीनाः ''नहीं, अम्मा।''

अम्माः ''तुमने जो खाना परोसा, उस पर गुस्सा किया?''

राधा और मीनाः ''नहीं, अम्मा।''

अम्माः ''दुकान से आकर खाना खाया और सो गए? तुम से पूछा भी नहीं कि तुम ने खाना खाया या नहीं?''

राधा और मीनाः ''नहीं, अम्मा।''

अम्माः ''क्या तुम ने आज उन से कहा था कि तुम वापस गुरु माँ के पास जाना चाहती हो?''

राधाः ''जी, कहा था।''

अम्माः ''क्या तुम वापस जाना चाहती हो?''

राधा और मीनाः ''नहीं, अम्मा।''

अम्माः ''तो क्यों कहा था?''

राधाः ''हम दोनों उन पर दबाब डालना चाहतीं थीं।''

अम्माः ''कैसा दबाब?''

मीनाः ''कि वे हमारी बात मान जाएं।''

अम्माः ''अगर वे कह देते 'चली जाओ', तब तुम क्या करतीं?''

राधा और मीनाः ''मालूम नहीं, अम्मा।''

अम्माः ''इस के बाद क्या तुम इज्जत से यहाँ रह सकतीं थीं?''

राधा और मीनाः ''नहीं, अम्मा।''

अम्माः ''और अगर तुम गुरु माँ के पास चलीं जातीं, तो क्या वहाँ वैसे रह सकतीं थीं जैसे शादी से पहले रहतीं थीं?''

राधा और मीनाः ''नहीं, अम्मा।''

अम्माः ''और अगर तुम वापस यहाँ आतीं तो क्या इज्जत से आतीं?''

राधा और मीनाः ''नही, अम्मा।''

अम्माः ''तो तुम न गुरु माँ की रह जातीं, न यहाँ की?''

राधा और मीनाः ''जी, अम्मा।''

अम्माः ''क्या तुम यही चाहती हो?''

राधा और मीनाः ''नहीं, अम्मा।''

अम्माः ''तुम यहाँ किसी की दया से नहीं रहती हो। अपने हक से रहती हो। गुरु माँ के पास जाने का मन करे, तो खुशी से जाओ। एक दिन रहो, एक हफ्ता, एक महीना रहो। जितने दिन चाहो खुशी से रहो। फिर यहाँ खुशी से आओ। चाहो तो गुरु माँ और अपनी बहन को ले आओ। जो भी यहाँ है, उस को मिल बाँट कर सब रह लेंगे। पर गुस्से में गुरु माँ के पास जाने को क्यों कहती हो? तुम इस घर में आ गई हो। दुःख में, सुख में, यहीं जियोगी, यहीं मरोगी।''

राधाः ''हमें माफ कर दीजिए, अम्मा।''

मीनाः ''जी, अम्मा, हमें माफ कर दीजिए।''

अम्माः ''अगर तुम्हारे आदमी से तुम्हारी अनबन हो जाए, तो उसे वहीं खत्म करो। जिन्दगी में ऐसी अनबन हजार बार होगी। लाख बार होगी। पर कभी ऐसा कुछ मत करो कि घर उजड़ जाए।''

राधा और मीनाः ''जी, अम्मा।''

अम्माः तुम्हारी कोई शिकायत है?''

राधाः ''अम्मा, इन से सवाल पूछो कुछ, जबाब मिलता है कुछ और।''

अम्माः ''शुक्र मनाओ कि कुछ जबाब तो मिलता है। तुम्हारे ससुरजी से मैं पूछती कि कब आओगे। खाना बनाकर रखूंगी। जबाब मिलता कि मंडी में चावल के दाम गिर गए हैं। समझ में नहीं आता था कि किस दीवार पर सिर मारूँ। एक शाम हरिद्वार से लौटे तो मेरे लिए सिंदूर और एक साड़ी लाए। मैंने अलग रख दिए कि अगली सुबह नहाकर पहनूंगी। उस रात वे हाँफते हुए उठे। मैं समझ नहीं पा रही थी कि क्या करूँ। जल्दी से पानी लेने गई। जब तक लौटी, वे जा चुके थे। बस यादें रह गईं। और मैं तरस गई मंडी में चावल के दाम सुनने को। वह सिन्दूर और साड़ी मेरे कपड़ों में सबसे नीचे रखें हैं। जिस दिन मेरी चिता जलाओगी, उस दिन मुझे पहना देना।''

राधाः ''ऐसी बात मत कहिए, अम्मा।''

अम्माः ''जब वे गए, तो बिरजू और शिब्बू छोटे थे। अगर मेरे पास ये दोनों नहीं होते, तो मुझे जिन्दा रहने की क्या जरूरत थी। दोनों आंगन में कुश्ती करते रहते। आवाज लगाते, 'अम्मा, मैंने भैया को पटक दिया। . . . अम्मा, मैंने शिब्बू को चित कर दिया।' मेरे एक भाई थे। मुझसे बहुत बड़े। बचपन में मैं उनको 'भाईसाहब' नहीं कह पाती थी। 'भासा' कहती थी। बड़े होने पर भी 'भासा' कहती रही। जिन्दगी भर भासा मेरे लिए पिता समान रहे, और भाभी माता समान। जो चूड़ी मैंने तुम्हें आज दीं हैं, वे भाभी ने मुझे दीं थीं।''

राधाः ''शिब्बू भैया ने मामाजी के बारे में मुझे बताया था।''

अम्माः ''बीच—बीच में भासा और भाभी हम तीनों से मिलने आते। बिरजू और शिब्बू अपने मामा को गाँव के तालाब पर ले जाते। मामा को तालाब में खड़ाकर, उनपर कूदते। मामा के साथ डुबकी लगाते। घर आते, तो मामा से कुश्ती में भिड़ जाते। मैं बेटों को मना करती। भासा कहते, 'जब तक ये दोनों दंगली हैं, खुश रहो। ये कह रहे हैं कि ये तन्दरुस्त हैं। जिस दिन चुप बैठ जाएं, उस दिन फिकर करना। कहीं बीमार तो नहीं हैं?' और एक दिन दोनों बीमार पड़ गए।''

राधाः ''कैसे?''

अम्माः गाँव में खांसी, जुकाम, नजला फैला। ये भी चपेट में आ गए। रात को मैंने अपने पास सुलाया। एक तरफ बिरजू, और दूसरी तरफ शिब्बू। बुखार में इनका बदन जल रहा था। मैंने देखा कि मैं गंगा के किनारे खड़ी हूँ। ये रेत में लेटे हैं। मैं दोनों को खो चुकी हूँ। कफन खरीदने को मेरे पास कुछ भी नहीं है। इन को समेट कर, मैं इन के साथ गंगा में कूद पड़ती हूँ। तभी मेरा सपना टूट गया, और मेरी नींद खुल गई। पसीने से तर, मैं हाँफते हुए उठी। इन को टटोला। दोनों ठीक थे। बुखार कम हो गया था। मन में आया मेरे बेटे तन्दरुस्त रहें और उछल—कूद करते रहें।''

मीनाः ''तब क्या खर्चे की तंगी थी, अम्मा?''

अम्माः ''मैं थोड़ी सी ही सब्जी खरीद पाती थी। सब्जी बनाकर इनको चुटकी भर दिन में देती, और चुटकी भर रात को। दोनों सूखी रोटी के साथ खा लेते। कभी कोई शिकायत नहीं करी। इनके स्कूल में एक लड़की पढ़ती थी। 'छुटकी '

था उसका नाम। उस की माँ गुजर चुकी थी। पिता बीमार रहते थे। वह कई बार स्कूल खाना नहीं ला पाती थी। यह दोनों और इनके दोस्त अपने–अपने खाने में से कुछ उसे दे देते। एक दिन किसी मुंडन से मेरे पास चार लड्डू आए थे। मैंने एक–एक लड्डू दोनों के खाने के साथ रख दिया। इनको लड्डू कहाँ मिलते थे। जब बिरजू और शिब्बू खाना खा रहे थे, तो छुटकी इनका लड्डू देख रही थी। बिरजू ने अपना लड्डू छुटकी को दे दिया, और शिब्बू ने अपना आधा लड्डू बिरजू को दे दिया।''

राधाः ''देवर भैया ने यह कहानी बढ़ा कर मुझे सुनाई थी।''

अम्माः ''तीन साल पहले छुटकी का ब्याह हुआ। उसके पिता सारा काम सम्भाल नहीं पा रहे थे। बारात पास के चागरी गाँव से आई थी। बिरजू और शिब्बू ने और इनके दोस्तों ने मिलकर बारात का स्वागत किया, बारात को भोजन कराया, पत्तलें उठाईं, और दुल्हन को विदा कर डोली में बैठाया। जब उसके पिता की यहाँ मौत हुई, तो शिब्बू उसके ससुराल गया, और उसे लाया। लड़कों ने मिल कर उसके पिता का अन्तिम संस्कार किया। छुटकी इन सब को भाई मानती है।''

राधाः ''क्या आप को गाँव में कहीं से मदद मिली?'''

अम्माः ''मिली। चौधरी चंदन सिंहजी की चौधराइनजी से। उन दिनों वे जिन्दा थीं। जब भी कोई त्यौहार होता, घर का बना कुछ खाना या मिठाई लातीं और कहतीं, ''पूजा करी थी, लो प्रसाद लाई हूँ।'' मैं लेते हुए झिझकती, तो कहतीं

कि प्रसाद मना नहीं किया जाता। हम शौक से प्रसाद खाते।
. . . राधा ने तो अपनी शिकायत कह दी। मीना, तेरी कोई
शिकायत है, क्या?''

मीनाः ''इन्होंने अपना बस से गिरने का मजाक बना दिया
है। कहते हैं कि वे तो केवल निमित्त मात्र थे। इन को हर
बात का मजाक बनाने की आदत क्यों है, अम्मा?''

अम्माः ''जिस दिन तुम्हारा आदमी तुम्हारी बात का
मजाक बनाना बन्द कर दे, खुश मत होना। यह भी हो
सकता है कि उसका ध्यान तुम से उठ चुका है। मेरी बेटियाँ
होतीं तो अब तक बड़ी हो कर औरतें बन जातीं। वे और
उनकी सहेलियाँ एक दूसरे को सही नाम से बुलातीं। मेरे
बेटों को आदमी बन जाना चाहिए था, पर वे लड़के बनकर
ही रह गए हैं। ये और उनके दोस्त एक दूसरे को 'उल्लू'
और 'गधा' कहे बिना बात नहीं करते।''

मीनाः ''अम्मा, पर हर बात का तो मजाक नहीं बनाना
चाहिए।''

अम्माः ''यह लड़के बना लेते हैं। सुरतो को तुम दोनों
जानती हो, जिसे ये 'ओझा भाभी' कहते हैं। एक दिन
उसका आदमी भागा—भागा आया। सुरतो को दौरा पड़
गया था। मुँह से झाग निकल रहा था। सब दोस्त इकट्ठे
हुए। चौधरी चंदन सिंहजी के घर से एक आराम कुर्सी ली।
सुरतो को उस पर बैठाया। मिल कर कुर्सी उठाई। गाँव
के बाहर सड़क पर ले गए। एक ट्रक रुकवाया। सुरतो
को हरिद्वार ले गए। वहाँ डॉक्टर को दिखवाया। शाम तक
वहीं रहे।

मीनाः "क्या तब तक उनको आराम हो गया था?"

अम्माः "हाँ। ये लड़के सुरतो को किसी और ट्रक से वापस लाए। सुरतो को कमजोरी महसूस हो रही थी। गाँव के बाहर सुरतो को फिर कुर्सी पर बैठाया, और कुर्सी उठाकर उसके घर की तरफ चल दिए। सुरतो के आदमी ने कुर्सी उठाने की कोशिश की, तो उस से कहा, 'अरे हट, नालायक। सुबह तेरी भौन्डी शकल देखकर भाभी को दौरा पड़ गया था। अब देखेंगी, तो फिर दौरा पड़ जाएगा। पीछे चल।' सुरतो ने मुझे बताया कि जब ये सब उसे उठाकर घर ले जा रहे थे, तो उसके मन में बड़ा प्यार आ रहा था इन भाईयों के लिए। उन्होंने पूरे दिन उसकी देखभाल करी थी। पर साथ–साथ इन पर गुस्सा भी आ रहा था। कहना चाहती थी कि वह जिन्दा है, मरी नहीं है।"

मीनाः "क्यों, अम्मा?"

अम्माः "ये लड़के गाने लगे। 'राम नाम सत् है। ओझा भाभी मस्त है'। तुम दोनों देखोगी कि जब बिरजू और शिब्बू के दोस्त आज खाने पर आएंगे, तो इनकी नकल उतारेंगे। बस से गिरने का नाटक रचेंगे। इन की तरह टेढ़े चलेंगे। हो सकता है, तुम्हारी नकल भी उतारें। 'मौसी–मौसी' कहकर मुझसे भी हँसी करेंगे। इन लोगों ने ही हमारी मदद करी है। अगर और मदद की जरूरत पड़ती, तो और मदद करते, और खून की जरूरत पड़ती, तो खून देते। इनके मजाक और मदद दोनों साथ चलते हैं। इनके मजाक का बुरा मत मानना।"

राधाः "ठीक है अम्मा। मैं बुरा नहीं मानूंगी।"

मीनाः ''मैं भी नहीं, अम्मा।''

अम्माः ''जब तुम्हारे ससुरजी नहीं रहे, तो मुझे दुकान चलानी पड़ी। पर मुझे दुकान चलानी आती नहीं थी। रहमत भाईसाहब की बड़ी मदद रही। हर कुछ दिनों में उनका आदमी आता। दुकान में सारा सामान देखता और लिखकर ले जाता कि किन चीजों की जरूरत है। दो दिन बाद वह सामान पहुँचा दिया जाता। मजबूरी में मुझे महाजन से कुछ उधार लेना पड़ा था। वह उधार मैं लौटा नहीं पा रही थी। सूद दे देती थी, मूल नहीं। जब बेटों ने दुकान सम्भली, तो ये भी कर्ज लौटा नहीं पा रहे थे। फिर बिरजू ने देहरादून में एक सेठ के कारखाने में नौकरी ढूंढ ली। वह छः महीने देहरादून रहा, और शिब्बू ने यहाँ दुकान चलाई। अपनी तनख्वाह में से अपने रहने-खाने के लिए थोड़ा सा रखकर, बिरजू बाकी यहाँ भेज देता। उसे हम महाजन को दे देते। फिर शिब्बू छः महीने देहरादून रहा, और बिरजू ने यहाँ दुकान चलाई।''

राधाः ''क्या तब तक महाजन का उधार लौटा दिया गया था?''

अम्माः ''हाँ। उस के बाद ही हमारी हालत सुधरी, और हमें ठीक से खाने-पहनने को हुआ। ये लड़के किस दिक्कत में देहरादून रहे, यह मुझे इनके आने के बाद मालूम चला। शिब्बू के लौटने के बाद, बैजन्ती के आदमी के मन मे आया कि वह भी कुछ दिन देहरादून जा कर कुछ कमा लाए। वह भी उसी नौकरी पर गया। जिस कमरे में बिरजू-शिब्बू ठहरे थे, उसी कमरे में ठहरा, पर तीन दिन बाद लौट आया। वहाँ

रह नहीं सका। उस ने मुझे बताया कि कमरे के खिड़की, दरवाजे, फर्श सब टूटे हुए थे। बारिश का पानी अंदर आता था। मच्छर, खटमल, कीड़े, मकौड़े फैले हुए। छोटे से कमरे में फटी दरी बिछी हुई थी, जिस पर बीस आदमी सोते। खाना खाते एक गन्दे ढाबे में। अगर मुझे यह पहले मालूम चल गया होता, तो बिरजू और शिब्बू को वहाँ जाने नहीं देती। रस्सी से बांधकर घर में रखती।''

राधाः ''मीना और मैं यह सब जानतीं नहीं थीं।''

अम्माः ''तुम यह जानतीं भी नहीं अगर तुम यह नहीं कहतीं कि तुम गुरु माँ के पास जाना चाहती हो। अब से बोलने से पहले सोच लेना तुम क्या कह रही हो? मैं मानती हूँ कि मेरे बेटे अल्हड़ हैं, फूहड़ हैं, भौन्दू हैं, उजड्ड हैं, फक्कड़ हैं, पर ये मेरे बेटे हैं। तुम्हारे ससुरजी के जाने बाद ये ही मेरा सहारा रहे हैं। इनकी बकबक सुनकर गुस्सा आता है। पर नहीं सुनूँ, तो फिकर हो जाती है। ठीक तो हैं ये?

राधा मुस्कराई। ''फिर इनको जुशान्दा पीना पड़ता है?''

अम्माः ''हाँ। जुशान्दा बनाना मैंने अपनी भाभी से सीखा था। बस की छत पर चढ़ने की जो तुम्हारी शिकायत थी, तुमने मुझे कह दी थी। मुझ पर छोड़ देतीं इन दोनों की अकल ठीक करना। मैं कितनी ही बार इन पर चिल्लाई हूँ । इन्होंने मुझे नाराज कई बार किया है, पर दुःखी कभी नहीं किया। मैं इन पर कितना ही नाराज हो लूँ, पर इनके खिलाफ कभी नहीं गई हूँ, और न ही कभी जाऊँगी, क्योंकि ये मेरी अमानत हैं। मेरे बेटे हैं। जिस दिन ये समझ की बात

करने लगेंगे, मैं सोचूँगी ये मेरे बेटे नहीं रहे। मै चाहती हूँ ये बकबक करते रहें, और मैं इनपर नाराज होती रहूँ।''

मीनाः ''खाना सारा बन गया, अम्मा।''

राधाः ''लोग आते ही होंगे। उन के आने पर कचौड़ी उतार लेंगे।''

अम्मा ने साड़ी के पल्ले से अपनी आँखें पौंछीं। ''मैं एक चीज भूल गई। राधा, थोड़ी इमली भिगो दे। मैं सोच रही हूँ चटनी बना दूँ।''

≈ 13 ≈

खाने के बाद, बिरजू और शिब्बू के दोस्त और उनकी बीबीयाँ चले गए थे। आंगन की हल्की धूप में एक तख्त पर बिरजू लेटे थे, और दूसरे तख्त पर शिब्बू। अम्मा और बहूएँ तीसरे तख्त पर बैठीं स्वेटर बुन रहीं थीं।

बिरजू बोले, ''अम्मा, हमारे गिरने के बाद इतना अच्छा खाना खिलाओगी, तो मैं फिर गिरने को तैयार हूँ।''

शिब्बू: ''मैं भी।''

अम्मा: ''अब की बार गिरे तो घर में घुसने नहीं दूंगी। बहूओं, घर के किवाड़ बन्द कर देना, और कुंडी लगा देना। खबरदार, जो किवाड़ खोला। इन दोनों को बाहर पड़े रहने देना।''

राधा हँसी। ''जी अम्मा, ऐसा ही करेंगे।''

अम्मा: ''और तू मीना?''

मीना भी हँसी। ''ठीक है अम्मा, ऐसा ही करेंगे।''

बिरजू: ''अम्मा, आप तीन हैं, हम दो हैं। यह धर्म युद्ध नहीं है।''

अम्माः ''जिस दिन मुझे तुम दोनों से धर्म युद्ध करना होगा, मैं अकेले ही कर लूंगी। मेरे साथ मेरी छड़ी होगी।''

राधाः ''देवर भैया, मुझे आप से कुछ पूछना है।''

शिब्बूः ''पूछिए, पूछिए, शौक से पूछिए।''

राधाः ''मजाक तो नहीं बनाओगे?''

शिब्बूः ''मजाक? मैं? मैं कभी मजाक नहीं बनाता। मुझे मजाक बनाना आता ही नहीं। भैया मजाक बनाते हैं। अम्मा कहतीं हैं कि भैया में अभी भी बचपना है। मैं तो हमेशा ही गम्भीर रहा हूँ। अम्मा कहतीं हैं कि मुझे इतना गम्भीर नहीं होना चाहिए। पर मैं बदल नहीं पाता। अच्छा, जम्बूरे, भाभी के सवाल का जबाब ठीक–ठीक देने में मुझे मदद करना।''

अम्माः ''अरी, बहू, तूझे जो पूछना है, पूछ ले। उसका ठीक जबाब तो तुझे मिलना नहीं, पर कोशिश कर ले।''

राधाः ''भैया, आपने खून दिया। क्या आप को कमजोरी महसूस हो रही है?''

शिब्बूः ''बिलकुल नहीं। जब शौकत भाईसाहब और मैं खून देकर बाहर निकले, तो देखा एक आदमी खड़ा था। उसके पास दो बड़े गिलास दूध–जलेबी के थे। रहमत चाचा ने इन्तजाम किया था। दूध–जलेबी इतने अच्छे थे, मैं तो दोबारा खून देने को तैयार था।''

राधाः ''अगर मैं खून देती तो?''

शिब्बू: ''आप को एक गिलास दूध–जलेबी मिलता, और शौकत भाईसाहब और मुझे आधा–आधा गिलास। आप को एक गिलास, और मुझे आधा गिलास। मैं रो पड़ता।''

राधा: ''क्या इसी लिए आपने खून दिया था?''

शिब्बू: ''हाँ, पर एक कारण और है। अम्मा कहतीं हैं कि भैया अपना दिमाग इस्तेमाल नहीं करते। भैया को फिकर रहती है कि अगर वे अपना दिमाग इस्तेमाल करेंगे, तो दिमाग खत्म हो जाएगा। फिर उनके पास कुछ दिमाग नहीं बचेगा। पर मेरा दिमाग अक्षय पात्र की तरह कभी खल्लास नहीं हो सकता। निडर, मैं अपना पूरा दिमाग इस्तेमाल करता हूँ। इसलिए मुझमें भैया से ज्यादा समझ है। मेरे खून से भैया की समझ बढ़ जाएगी। अब से भैया चलती बस की छत पर नहीं चढ़ेंगे। भाभी, आप को तो खुश होना चाहिए।''

बिरजू: ''तेरी समझ मुझसे ज्यादा कब से हुई?''

शिब्बू: ''हमेशा से। अम्मा से पूछ लो।''

अम्मा: ''तुम दोनों की समझ भूसा है, भूसा।''

राधा: ''और अगर इनको मेरी समझ मिल जाती तो?''

शिब्बू: ''सर्वनाश हो जाता। किसी दुकान में रंग बिरंगी चूड़ियाँ देख कर भैया का मन कर आता उनको पहनने को। अब आप ही बताइए, भाभी, कि भैया के हाथों में क्या रंग बिरंगी चूड़ियाँ अच्छी लगतीं?''

बिरजू: ''तूने अपनी भाभी के सवालों का जबाब नहीं देना है, तो मत दे। पर मेरी पकड़ क्यों कर रहा है?''

राधाः ''इनको खून देने का क्या मेरा नहीं बनता?''

शिब्बूः ''नहीं।''

राधाः ''क्यों नहीं?''

शिब्बूः ''एक बात है।''

राधाः ''क्या बात है?''

शिब्बू ने गाना शुरु कर दिया। ''मुझे कुछ मालूम है... मालूम है... कुछ मालूम है।''

राधा ने गाते हुए पूछा, ''क्या मालूम है?''

शिब्बूः ''बिरजू भैया, क्या तुम्हें मालूम है?''

बिरजूः ''मुझे क्या मालूम है?''

शिब्बूः ''जो मुझे मालूम है।''

बिरजूः ''मुझे क्या मालूम तुझे क्या मालूम है।''

शिब्बूः ''मुझे वह मालूम है, जो तुम्हें मालूम होना चाहिए।''

बिरजूः ''मुझे क्या मालूम मुझे क्या मालूम होना चाहिए।''

शिब्बूः ''तो क्या तुम्हें नहीं मालूम है?''

बिरजूः ''नहीं।''

शिब्बूः ''हाँ मालूम है, या नहीं मालूम है?''

बिरजूः ''मुझे क्या मालूम?''

शिब्बू: "तो तुम्हें नहीं मालूम मुझे क्या मालुम है?"

बिरजू: "मुझे क्या मालूम कि मुझे मालूम है या नहीं मालूम है, जो मुझे मालूम होना चाहिए, और तुझे मालूम है।"

शिब्बू: "अब मुझे मालूम चल गया है कि तुम्हें नहीं मालूम कि तुम्हें मालूम है या नहीं मालूम है, जो तुम्हें मालूम होना चाहिए, और मुझे मालूम है।"

अम्मा: "मुझे नहीं मालूम कि तुम दोनों को मालूम है या नहीं मालूम कि अगर तुम दोनों चुप नहीं हुए, तो मेरे सिर में दर्द हो जाएगा, और मेरी छड़ी तुम पर चल जाएगी?"

राधा: "अच्छा, देवर भैया, मत बताइए आपको क्या मालूम है। यह तो बता दीजिए कैसे मालूम चला।"

शिब्बू: "कैसे क्या मालूम चला?"

राधा: "जो भी आपको मालूम चला।"

शिब्बू: "अच्छा, वह, जो मुझे मालूम है, पर भैया को नहीं मालूम कि उनको मालूम है या नहीं मालूम है, पर मालूम होना चाहिए।"

राधा: "हाँ, कैसे मालूम चला?"

शिब्बू: "अम्मा, आप, और मीना बातें कर रही थीं।"

राधा: "तो?"

शिब्बू: "मैं ने सुन लीं।"

मीना: "आप हम औरतों की बातें क्यों सुनते हो, जी?"

राधाः ''हाँ, भैया, आप हम औरतों की बातें क्यों सुनते हो?''

शिब्बूः ''मैं तब ही सुनता हूँ जब आप लोग चाहतीं हैं कि मैं सुनूँ।''

राधाः ''आप को कैसे मालूम चलता हैं कि हम चाहती हैं कि आप हमारी बातें सुनें?''

शिब्बूः ''जब आप दबी आवाजों में बातें करतीं हैं।''

मीनाः ''तो इसका मतलब यह तो नहीं कि आप हमारी बातें सुनें।''

शिब्बूः ''मतलब है, मतलब है।''

राधाः ''कैसे?''

शिब्बूः ''बुजुर्गों ने कहा है कि घर की औरतें जब दबी आवाजों में बातें करतीं हैं, तो वे घर के आदमियों को खुद बताना नहीं चाहतीं, पर यह भी चाहतीं हैं कि घर के आदमी जान जाएँ।''

राधाः ''तो?''

शिब्बूः ''घर के आदमियों को घर की औरतों की बातें चुप से सुन लेनी चाहिए।''

राधाः ''तो आपने हमारी बातें चुप से सुन लीं?''

शिब्बूः ''हाँ।''

राधाः ''कब?''

शिब्बू ने मन ही मन अपनी उंगलियों पर धीरे-धीरे गिनना शुरु कर दिया। ऐसा तीन बार किया।

राधाः आपको इतनी देरी क्यों लग रही है?''

शिब्बू: ''मैं गिनने में गलती नहीं करना चाहता।''

राधाः ''हाँ, तो कब?''

शिब्बू: ''सात दिन पहले।''

राधाः ''हम कहाँ थीं?''

शिब्बू: ''रसोई में।''

राधाः ''हम दबी आवाजों में बातें कर रहीं थीं?''

शिब्बू: ''हाँ।''

राधाः ''आपके भैया कहाँ थे?''

शिब्बू: ''यहीं आंगन में।''

राधाः ''खड़े थे, या बैठे थे?''

शिब्बू: ''बैठे थे।''

राधाः ''कहाँ बैठे थे?''

शिब्बू: ''तख्त पर।''

राधाः ''क्या कर रहे थे?''

शिब्बू: ''दुकान का हिसाब।''

राधाः ''और आप कहाँ थे?''

शिब्बूः ''रसोई के बाहर।''

राधाः ''खड़े थे, या बैठे थे?''

शिब्बूः ''खड़ा था।''

राधाः ''दरवाजे के पीछे?''

शिब्बूः ''हाँ।''

राधाः ''और आप हमारी बातें सुन रहे थे?''

शिब्बूः ''हाँ।''

राधाः ''क्या सुना?''

शिब्बूः ''बधाई हो, भाभी, बधाई हो। आप का तीसरा महीना चल रहा है। आप स्वेटर बुन रहीं हैं। उसके साथ गेंद खेलूँगा। गुल्ली–डण्डा खेलूँगा। कबड्डी खेलूँगा। पूरा लंगूर बना दूँगा। बधाई हो, भाभी, बधाई हो।''

14

कई साल बीत गए। बढ़ती उमर से, अम्मा के हाथ–पाँव धीरे चलने लगे थे। पर वे खुश रहतीं थीं। उनके घर मे एक पोता और तीन पोतियाँ खेलते थे। पोता और पोतियाँ अम्मा को 'अम्मा' कहते, 'दादी' नहीं। अम्मा कहतीं थीं कि पहले वे दो की अम्मा थीं, फिर चार की अम्मा हुईं, और अब आठ की अम्मा हो गईं हैं। उनका घर हरा–भरा है। बीमार होने से सब डरते थे क्योंकि तब अम्मा का बनाया जुशान्दा पीना पड़ता था।

बच्चे राधा को 'बड़ी माँ' कहते, मीना को 'छोटी माँ', बिरजू को 'बड़े बाऊजी', और शिब्बू को 'छोटे बाऊजी'। यह नहीं मालूम चलता था कि कौन सा बच्चा बड़ी माँ से है, और कौन सा छोटी माँ से। अगर बच्चे ज्यादा ऊधम मचाते, और किसी एक माँ की झिड़की मिलती, तो बच्चे दोनों माँ से रूठ जाते। अगर दिन होता तो दुकान चले जाते। अगर शाम होती, तो अम्मा के कमरे में चले जाते, और रात को वहीं सो जाते।

बच्चे दोनों बाऊजी के साथ गुल्ली–डण्डा खेलते, कबड्डी खेलते, कुश्ती लड़ते, पकड़म–पकड़ाई खेलते, पतंग उड़ाते, लुका–छुपी खेलते, पिट्ठू खेलते, मेलों में जाते। उनके कंधों और कमर पर सवारी करते। घर में हर

पूर्णमासी को हलवा बनता, और हर अमावस्या को खीर बनती। उन में से दोनों बाऊजी एक–एक चम्मच लेते। बाकी बच्चों को दे देते।

हरिद्वार से जब भी मचलू मौसी कुछ दिनों के लिए गाँव आतीं, तो बच्चे उनके इर्द–गिर्द घूमते। कहते रहते, "मौसी, भजन सुनाओ, कहानी सुनाओ।" मौसी सुरीले स्वर में कृष्ण– भक्ति के भजन गातीं। कृष्ण जीवन से कहानी सुनातीं। अगर दोनों माँओं के साथ बच्चे गुरु माँ के पास हरिद्वार गए होते, तो भी मौसी के इर्द–गिर्द घूमते रहते। बिन्दू चाची–चाचा और सुख्खी मौसी के साथ बच्चे गुरुद्वारे जाते और लंगर में खाते।

बच्चे बड़े होने लगे।

मचलू मौसी आईं हुईं थीं। शाम का समय था। चारों बच्चे घर के बाहर खेलने गए हुए थे। दोनों बाऊजी दुकान में थे। सब से छोटी लड़की रोती हुई घर आई। घर के दरवाजे पर मचलू मौसी मिलीं। "मौसी, हरजाई क्या होती है।"

मचलूः " पूनम, कहाँ सुना तू ने यह?"

पूनमः "मैं लड़कियों के साथ इक्कल–दुक्कल खेल रही थी। मैं जीत गई। धुनिया बोली कि आज तो हरजाई जीत गई। मैंने पूछा कि हरजाई कौन है? धुनिया बोली कि हरजाई मैं हूँ । बाकी लड़कियाँ हँसने लगीं, ताली बजाने लगीं, और मुझे 'हरजाई–हरजाई' कहने लगीं। मैंने सोचा हरजाई कोई बुरी चीज होगी। मैंने कहा कि मैं हरजाई नहीं हूँ। तो धुनिया

बोली कि सारा गाँव जानता है कि मेरी माँ कोई हरजाई रही होगी, और हरजाई की बेटी भी हरजाई होती है। फिर उसने कहा कि मैं न तो बड़ी माँ की बेटी हूँ, और न ही छोटी माँ की। अगर मुझे विश्वास नहीं हो तो मैं घर जाकर पूछ आऊँ।''

मचलू ने पूनम को कस कर पकड़ लिया और कई बार प्यार किया। ''अगर तुझे कोई हरजाई कहे, तो जबाब देना कि तू हरजाई नहीं, हरिजाई है।''

पूनमः ''हरिजाई का मायने क्या होता है?''

मचलूः ''हरिजाई का मायने है कि तू हरि की बेटी है। भगवान की बेटी है। तेरी बड़ी माँ, तेरी छोटी माँ, और मैं, हम सब हरिजाई हैं। इसीलिए हम बहनें हैं।''

पूनमः ''क्या सच मैं बड़ी माँ और छोटी माँ की बेटी नहीं हूँ?''

मचलूः ''क्या अम्मा ने तुझमें और बाकी बच्चों में कभी कोई फरक किया है?''

पूनमः ''नहीं, मौसी।''

मचलूः ''क्या दोनों बाऊजी ने?''

पूनमः ''नहीं।''

मचलूः ''क्या दोनों माँओं ने?''

पूनमः ''नहीं।''

मचलूः "क्या तेरे भाई–बहनों ने तुझे कभी अलग समझा है?

पूनमः "नहीं।"

मचलूः "तो फिर क्यों पूछ रही है कि क्या तू बड़ी माँ और छोटी माँ की बेटी नहीं है?"

पूनमः "मौसी, कोई बात है, जो आप मुझ से छिपा रहीं हैं।"

मचलू और पूनम की बातें सुनकर अम्मा, राधा, और मीना पास आकर खड़ीं हो गईं थीं।

राधा पूनम से सख्त आवाज में बोलीं, "मौसी से क्या उल्टे– सुल्टे सवाल पूछ रही है, तू। क्या हो गया है, तुझे?"

अम्माः "बहू , यह उल्टे– सुल्टे सवाल नहीं पूछ रही है। इस से पहले कोई इसे उल्टा– सुल्टा बता दे, हमें इसे बता देना चाहिए। वक्त आ गया है।"

राधाः "क्या बताना जरूरी है, अम्मा?"

अम्माः "हाँ, जरूरी है।"

राधाः "तो आप ही बताईए, अम्मा।"

अम्मा तख्त पर बैठ गईं। पूनम को अपने पास बैठाया, उसका सिर अपने गोद में लिया, और उस के बाल सहलाने लगीं। "जो मैं कहने जा रही हूँ, उसे ध्यान से सुनना, बीच में मत बोलना। जैसे तेरी दोनों जीजी इस घर की बेटी हैं, तू भी इस घर की बेटी है, और बेटी रहेगी। समझी, तू?"

पूनमः ''जी, अम्मा।''

अम्माः ''पर तू इतनी बड़ी हो गई है कि तुझे अब कुछ जानना चाहिए। तेरह साल पहले की बात है। एक सुबह छोटी माँ की नींद जल्दी खुल गई। घर के बाहर से किसी बच्चे के रोने की आवाज आ रही थी। छोटी माँ ने किवाड़ खोला। कपड़ों में लिपटी, गाल पर एक काली बिन्दी, बड़ा सा मुँह फाड़ कर रोती हुई, एक बहुत ही सुन्दर गुड़िया थी। वह तू थी। एक दिन की रही होगी। छोटी माँ ने तुझे उठाया और अपनी छाती से चिपका लिया। तब तक हम सब इकट्ठे हो गए थे। तेरे कपड़ो से एक फटा कागज गिरा। उस पर टूटी लिखाई थी।''

पूनमः ''क्या लिखा था, अम्मा?''

अम्माः ''तू पढ़ना चाहेगी?''

पूनमः ''हाँ, अम्मा, हाँ।''

अम्माः ''कागज बड़ी माँ के पास है। . . . राधा, जा लेकर आ।''

थोड़ी देर में राधा कागज ले आई और अम्मा को पकड़ा दिया।

अम्मा ने पूनम को सीधा बैठाया। ''पढ़ इसे।''

पूनम ने कागज लिया। उस पर लिखा था––''दिदि तुमरि बारे मे शुना है। इशे लेलो। मै इशे बचा नहि पाउगि। मै मजबुर हु।''

पूनम थोड़ी देर चुप बैठी रही। फिर उसने रोना शुरु कर दिया। ''अम्मा, क्या यह मेरी माँ ने लिखा है?''

अम्मा ने पूनम को प्यार किया। ''हाँ, मेरी गुड़िया, हाँ। तेरी माँ ने ही लिखा होगा। वे तुझे बहुत प्यार करती होंगी। किसी मजबूरी से वह खुद तेरी देखभाल नहीं कर पाईं, तो उन्होंने तुझे दो–दो माँ को दे दिया। जिस दिन तू आई, उस दिन पूर्णमासी थी। इसलिए तेरा नाम पूनम रख दिया। जब तू आई, तो तेरी दोनों जीजी दूध–पीती बच्चीं थीं। एक बड़ी माँ की, और एक छोटी माँ की। उन्होंने तो एक–एक माँ का दूध पिया है। पर तू तो इतनी पेटू थी कि तूने तो दोनों माँ का दूध पिया है। मैं सोचती हूँ कि इसी लिए तू सब से ज्यादा मक्कार बन गई है।'' अम्मा हँसी और पूनम को फिर प्यार किया।

पूनम ने रोना बन्द किया। ''जब छोटी माँ ने मुझे उठाया, तो उस के बाद क्या हुआ?''

अम्माः ''छोटे बाऊजी अपने दोस्त की साइकिल पर धोलपुरा गए, जहाँ पुलिस चौकी है। जब तक पुलिस आई, तू दूध पीकर सो गई थी। पुलिस ने आकर कुछ लिखा–पढ़ी करी। पुलिस ने कई दिनों तक तेरी माँ का पता लगाने की कोशिश करी। पर कुछ मालूम नहीं चला। वे किसी और गाँव की रही होंगी। फिलहाल बड़े बाऊजी और बड़ी माँ हरिद्वार गए। गुरु माँ से पूछा कि सरकार से कैसे इजाजत मिले, जिससे हम सब साथ रह सकें। गुरु माँ की मदद से इजाजत मिल गई।''

पूनमः ''गुरु माँ को इजाजत लेना कैसे मालूम?''

अम्माः ''उनको तजुर्बा है।''

पूनमः ''उनको तजुर्बा कैसे है?''

अम्माः ''यह सवाल बड़ी माँ, छोटी माँ, और मौसी से पूछ।''

पूनम उछल कर उठी और भागकर एक कॉपी लेकर लौटी।

अम्माः ''क्या कर रही है, तू?''

पूनमः ''अम्मा, जो आपने बताया उसे मैं इस कॉपी में लिख रही हूँ। जो भी मुझे मौसी और दोनों माँ बताएंगी, मैं इसमें लिखूंगी। मैं दोनों बाऊजी से भी पूछूँगी। वह भी लिखूँगी।''

कई सालों तक पूनम ऐसा ही करती रही। जब भी मचलू मौसी से मिलती, उनके बारे में पूछती और कॉपी में लिखती। जो भी अम्मा, दोनों माँओं, और दोनों बाऊजी से मालूम चलता, उसे भी लिखती। उसने कई कॉपी भर दीं।

❧ 15 ❧

मैं पूनम हूँ। अपने परिवार के बारे में जो कुछ भी मैंने उन कॉपियों में लिखा, उसको क्रम में लगाकर, और फिर छाँटकर, मैंने ऊपर कहानी में बता दिया है। कहानी पुरानी हो गई है। मचलू मौसी की सहेली सुख्खी मौसी विवाह के बाद होशियारपुर चलीं गईं। मचलू मौसी ने विवाह नहीं किया। जब भी उनके विवाह की बात उठती, वे मीरा बाई के भजन से यह पंक्ति कहतीं, ''मैं साँवलिया वर पाना''। वे गुरु माँ के साथ रहीं। गुरु माँ की मृत्यु के बाद, एक जन्माष्टमी मचलू मौसी बांके बिहारी के मंदिर गईं और ध्यान में बैठ गईं। कुछ घंटों बाद उनका निर्जीव शरीर मिला।

मेरे सिवाय कहानी का कोई भी पात्र अब दुनिया में नहीं हैं। सब ने अपना–अपना शरीर बुढ़ापे में त्यागा। मुझे भी बुढ़ापा हो गया है। मेरा अन्त निकट है। मैंने अपने बेटे से कहा है कि मेरी मृत्यु के बाद यह कहानी छपवाये। पढ़ने वालों को मालूम चलेगा कि मेरे परिवार में तीन पीढ़ी तक जिन माँ ने पाला, वे जन्म देने वाली माँ नहीं थीं। पहले गुरु माँ, फिर बड़ी और छोटी माँ, और फिर मैं।

≈ 16 ≈

मुझे जन्म देने वाली माँ, मुझे न पालने में आपकी मजबूरी क्या थी, यह मझे नहीं मालूम। पर इतना मालूम है आप मुझपर बहुत स्नेह रखतीं होंगी। आप मेरा गला घोट सकतीं थीं, नदी–नाले में फेंक सकतीं थीं, जिन्दा गाढ़ सकतीं थीं। पर आपने ऐसा नहीं किया। आप मुझे किसी कूड़े के ढेर पर, किसी बस अड्डे में, किसी ट्रेन के डिब्बे में, लावारिस छोड़ सकतीं थीं। पर आपने ऐसा नहीं किया। आपने मुझे ऐसी जगह पहुँचा दिया, जहाँ मुझे असीमित प्यार मिला। मेरी भरपूर देखरेख हुई। भाई–बहन मिले। और मेरी तीन माँ हो गईं। आप, बड़ी माँ, और छोटी माँ। एक अम्मा, दो बाऊजी, और तीन माँ—इन सब के चरणों में मेरा सादर प्रणाम।